Frio o bastante para nevar

F✸SF✸R✸

JESSICA AU

Frio o bastante para nevar

Tradução
FABIANE SECCHES

Para Oliver

QUANDO SAÍMOS DO HOTEL, estava chovendo, uma chuva leve e fina, como às vezes pode acontecer em Tóquio no mês de outubro. Eu disse que não estávamos indo longe — só precisaríamos alcançar a estação, a mesma pela qual tínhamos chegado no dia anterior, e depois pegar dois trens e andar um pouco por umas ruelas até chegar ao museu. Peguei meu guarda-chuva e o abri, e fechei o zíper do casaco. Era de manhãzinha e a rua estava cheia de gente, a maioria se afastando da estação, ao contrário de nós. Minha mãe ficou o tempo todo perto de mim, como se sentisse que o fluxo da multidão era uma corrente, e que, se nos separássemos, não conseguiríamos voltar uma para a outra, e passaríamos a nos afastar cada vez mais. A chuva era suave e persistente. Deixava uma fina camada de água no chão, que não era de asfalto, mas formado por uma série de pequenos ladrilhos quadrados, se alguém se importasse o bastante para notar.

Nós havíamos chegado na noite anterior. Meu avião pousou uma hora antes que o de minha mãe, e esperei por ela no aeroporto. Estava cansada demais para ler, mas peguei minhas malas e comprei duas passagens para um dos trens expressos, além de uma garrafa de água, e saquei um pouco de dinheiro no caixa eletrônico. Então me perguntei se deveria pegar mais alguma coisa — talvez um pouco de chá ou algo para comer, mas não sabia como ela estaria se sentindo quando chegasse. Quando ela passou pelos portões, eu a reconheci de imediato, mesmo de longe, talvez pelo modo como se portava ou pela forma como andava, sem conseguir ver seu rosto com nitidez. De perto, notei que ela continuava a se vestir com esmero: camisa marrom com botões de madrepérola, calça de alfaiataria e pequenas peças de jade. Sempre foi assim. Suas roupas não eram caras, mas escolhidas com atenção ao corte e ao caimento, à combinação sutil de texturas. Ela parecia uma mulher bem-vestida de um filme de cerca de vinte ou trinta anos atrás, datada e elegante. Vi também que trazia consigo uma mala grande, a mesma que me lembrava da nossa infância. Ela a mantinha em cima do armário de seu quarto, onde pairava sobre nós, quase sem uso, usada apenas nas poucas viagens que minha mãe havia feito de volta a Hong Kong, como quando seu pai morreu, e depois seu irmão. A mala não tinha quase nenhuma marca de uso e, mesmo agora, parecia quase nova.

No início do ano, eu a convidei para me acompanhar em uma viagem ao Japão. Não morávamos mais na mesma cidade, e nunca tínhamos viajado juntas como adultas, mas eu começava a sentir que isso era importante, por razões que ainda não sabia nomear. No começo, ela estava relutante, mas insisti e, enfim, concordou, não exatamente com palavras, mas protestando um pouco menos, ou hesitando ao telefone quando perguntava a ela, e, por isso, sabia que estava finalmente sinalizando que viria. Escolhi o Japão porque já estive lá antes e, ainda que minha mãe não o conhecesse, achei que poderia ficar mais à vontade explorando uma outra parte da Ásia. E talvez eu sentisse que isso, de algum modo, nos colocaria em pé de igualdade, sendo as duas estrangeiras. Eu tinha escolhido o outono, porque sempre foi a nossa estação preferida. Os jardins e os parques estariam então em sua forma mais bonita; no final da temporada, quase tudo já se foi. Não previ que ainda poderia ser tempo de tufões. Mas os boletins meteorológicos traziam inúmeros alertas e chovia sem parar desde a nossa chegada. Na estação, dei o cartão do metrô a minha mãe e passamos pelas catracas. Lá dentro, procurei a linha e a plataforma certas, tentando combinar o nome e as cores com o que tinha assinalado no mapa na noite anterior. Enfim, encontrei a conexão certa. Na plataforma, o chão havia sido marcado para sinalizar onde fazer fila para o embarque. Ocupamos nossos lugares com obediência, e o trem chegou em poucos minutos. Havia um único assento vago perto da porta, e indiquei que ela se sentasse, enquanto eu ficava ao lado e observava as estações passarem por nós. A cidade era cinza e concreto, opaca sob a chuva e não de todo estranha. Eu reconhecia a forma de tudo — prédios, viadutos, passagens de trem —, mas, em seus detalhes, em seus materiais, todos eram ligeiramente diferentes, e eram essas pequenas, mas significativas, mudanças que continuavam a me capturar. Depois de cerca de vinte minutos, mudamos para uma linha menor e para um vagão menos lotado, e então pude me sentar ao lado dela, observando a altura dos prédios cada vez mais baixa, até chegarmos nos subúrbios, quando se tornaram casas, com paredes brancas, telhados planos e carros compactos estacionados nas calçadas. Lembrei que, na última vez em que estivera ali, foi com Laurie, às vezes pensando em minha mãe. E, agora, estava com ela, pensando nele, em como andamos apressados pela cidade desde a manhã até bem depois do anoitecer, vendo tudo, assimilando tudo. Durante aquela viagem, era como se fôssemos crianças de novo, loucos e emotivos, conversando sem parar, rindo sem parar, sempre querendo mais. Eu me lembrei de ter pensado que queria compartilhar um pouco disso com minha mãe, mesmo que apenas uma pequena parte. Foi depois daquela viagem que comecei a aprender japonês, como se estivesse planejando inconscientemente essa outra.

Nossa saída dessa vez foi em uma rua tranquila de um bairro arborizado. Muitas das casas chegavam até a rua, mas as pessoas tinham colocado pequenos vasos no pouco espaço livre que havia, com peônias ou bonsais. Nós também tínhamos um bonsai quando eu era criança, em um vaso quadrado branco com pés minúsculos. Não acho que minha mãe o teria comprado, então deve ter sido um presente que guardamos e cultivamos por muito tempo. Por alguma razão, lembrei que não gostava disso quando criança. Talvez porque pensasse que não parecia algo natural, essa árvore pequena e muito detalhada parecia solitária, quase como uma ilustração, crescendo sozinha, quando sentia que devia estar em uma floresta.

Enquanto caminhávamos, passamos por um prédio com uma parede de tijolos de vidro translúcido e outro que tinha o exterior da cor de cogumelos. À frente, uma mulher varria algumas folhas da rua e as colocava em um saco. Conversamos um pouco sobre o novo apartamento de minha mãe, que eu ainda não tinha visto. Ela tinha saído recentemente da casa da minha infância e se mudado para um pequeno prédio nos subúrbios, mais perto de onde minha irmã morava, mais perto de seus netos. Perguntei se ela gostava de lá, se tinha as lojas certas onde comprar a comida de que gostava, se tinha amigos por perto. Ela disse que os pássaros da manhã eram muito barulhentos. Chegou a pensar que eram crianças gritando e saiu para tentar ouvir melhor, para ver se estava tudo bem. Então percebeu que o som era de pássaros, mas, quando os procurou nas árvores, não conseguiu vê-los. Lá fora, havia grandes blocos de terra e rodovias. Era possível andar e andar e não ver ninguém, apesar de todas as casas em volta.

Percebi que havia um parque logo à frente e olhei o mapa no meu celular. Disse à minha mãe que poderíamos atravessá-lo, a distância até o museu seria a mesma. Em algum momento ao longo do caminho, parou de chover e fechamos nossos guarda-chuvas. Por dentro, o parque era grande, com uma marquise escura e caminhos sinuosos. Era como eu imaginava que fossem os parques na minha infância, arborizados, sombrios e úmidos, um mundo dentro de um mundo. Passamos por um playground vazio, com um escorregador de metal com bordas azuis, que, na superfície, ainda guardava gotas grandes e gordas de chuva. Pequenos riachos serpenteavam entre as árvores, se cruzavam, se separavam e se cruzavam novamente. Pedras achatadas obstruíam a água, como pequenos desfiladeiros ou montanhas, e aqui e ali havia pontes pequenas e estreitas, do tipo que costumamos ver em cartões-postais ou fotos de viagens ao Oriente.

Antes de embarcar, eu tinha comprado uma câmera nova, uma Nikon. Ainda que fosse digital, tinha três mostradores pequenos e um visor de vidro, além de uma lente compacta cuja abertura era possível ajustar com os dedos. Isso me lembrou da câmera que meu tio usava para tirar fotos de família durante sua juventude em Hong Kong. Minha mãe ainda tinha algumas dessas imagens. Eu olhava para elas muitas vezes quando criança, ouvindo as histórias que as acompanhavam, fascinada pelas manchas de cor que às vezes ficavam ali, como uma gota de óleo na água, queimando como um buraco brilhante na superfície. Para mim, as fotografias pareciam ter uma elegância do Velho Mundo, com minha mãe e meu tio posando quase como um casal de marido e mulher tradicional, ela sentada e ele de pé atrás de seu ombro, os cabelos arrumados de uma certa maneira, o vestido estampado e a camisa branca engomada, com as ruas e céus de Hong Kong parecendo abafados e úmidos atrás deles. Depois de um tempo, me esqueci completamente dessas fotos e só as redescobri anos mais tarde, quando minha irmã e eu estávamos esvaziando o apartamento de minha mãe, em uma caixa de sapato cheia de envelopes amarelos e álbuns pequenos.

Peguei a câmera, ajustei a exposição e voltei a olhar pelo visor. Minha mãe, sentindo a mudança na distância entre nós, virou-se e viu o que eu estava fazendo. De imediato, assumiu uma pose padrão: pés juntos, costas retas, mãos entrelaçadas. Está tudo bem, me perguntou, ou devo ficar ali, mais perto daquela árvore? Na verdade, eu queria pegar algo diferente, ver seu rosto como era espontaneamente, quando ela estava sozinha com seus pensamentos, mas disse que parecia bom e tirei a foto assim mesmo. Ela perguntou se deveria tirar uma de mim, mas respondi que não, que era melhor seguirmos em frente.

Nas semanas que antecederam a viagem, eu tinha passado horas procurando lugares — santuários, parques, galerias, as poucas casas antigas que sobraram depois da guerra —, pensando o tempo todo no que ela gostaria de ver. Tinha salvado um grande arquivo no meu computador com endereços, descrições e horários de abertura, adicionando e apagando muitas coisas, preocupada com o equilíbrio correto, querendo aproveitar ao máximo nosso tempo. O museu tinha sido recomendado por uma amiga. Fazia parte de uma grande casa pré-guerra construída por um escultor famoso. Eu tinha lido bastante a respeito da casa na internet e estava ansiosa para vê-la. Olhei o celular mais uma vez e disse que, se virássemos ali, logo chegaríamos à rua onde ficava o museu. Enquanto caminhávamos, expliquei à minha mãe um pouco do que esperar, tomando cuidado para não revelar detalhes demais, para deixar coisas a serem descobertas.

No caminho, passamos pelo portão de uma escola em que as crianças estavam no recreio da manhã. Elas usavam pequenos chapéus coloridos que talvez indicassem sua idade ou ano letivo, e brincavam ruidosamente. O terreno da escola era limpo, os equipamentos de recreação brilhavam, e vários professores estavam em volta, observando com calma. Pensei, e me perguntei se minha mãe estaria pensando o mesmo, na escola católica em que ela nos matriculou, não exatamente pela qualidade da educação, mas sobretudo pelas saias de lã xadrez, as bíblias azuis e todas as experiências parecidas, coisas em que ela fora ensinada a acreditar e desejar para si mesma. Depois de alguns anos, minha irmã e eu ganhamos bolsas de estudos e seguimos até o final do ensino médio, acabando por nos formar e ir para a universidade: minha irmã para estudar medicina, e eu, literatura inglesa.

    Na entrada do museu, havia um espaço onde era possível deixar os guarda-chuvas, provavelmente para não espalhar rastros de água pela casa antiga. Peguei o da minha mãe, sacudi um pouco e o coloquei ao lado do meu, guardando as pequenas chaves no bolso para que pudéssemos recuperá-los mais tarde. Lá dentro, passando pelas portas de correr, havia um espaço para tirar o sapato, com dois banquinhos de madeira e cestos cheios de chinelos marrons. Enquanto eu lutava com minhas botas, minha mãe, notei, tirou as dela como se tivesse morado no Japão a vida toda e as colocou lado a lado, com os bicos voltados para fora, na direção da rua, porque era assim que ela sairia mais tarde. Por baixo, ela usava meias brancas, com solas imaculadas, como neve recém-caída. Quando crianças, nós também tirávamos o sapato na soleira da porta. Ainda me lembrava do choque de, ao ir na casa de uma amiga um dia depois da escola, ter permissão para correr descalça pelo jardim. A mãe dela tinha ligado os jatos de água, e primeiro o chão me machucou, mas depois ficou macio e úmido, a grama aquecida pelo sol.

    Calcei um par de chinelos e fui até a bilheteria. A recepcionista pegou minhas notas e devolveu algumas moedas de troco, além de entregar dois ingressos e dois panfletos impressos em um lindo papel branco. Ela explicou que havia duas exposições: algumas obras da China e da península coreana no andar de baixo e obras de arte têxtil de um artista famoso no andar de cima. Agradeci, peguei os panfletos e, animada, me virei para contar para minha mãe, pensando em seu vestuário cuidadoso e em como ela sempre consertava e ajustava perfeitamente todas as nossas roupas quando éramos jovens. Sugeri que circulássemos pelas exposições separadas, para assim poder ficar o tempo que quiséssemos com certas obras. Mas, acrescentei, estaríamos sempre no radar uma da outra e nunca muito distantes. Estava preocupada que ela ainda quisesse estar perto de mim, por conta de seu temor anterior na estação, mas ela parecia calma naquele espaço, com suas delimitações simples, e entrou diligentemente na sala ao lado com o panfleto aberto nas mãos, como se estivesse prestes a lê-lo.

O museu era distribuído em dois níveis. Era fresco e silencioso, com piso de madeira irregular e grandes vigas escuras, e ainda dava para ver a antiga casa que o prédio havia sido um dia. As escadas eram baixas e pequenas, porque as pessoas já foram baixas e pequenas, e os degraus rangiam e se curvavam no meio, onde haviam sido limados por muitos milhares de pés. Pelas janelas, entrava uma luz suave e leitosa, como se atravessasse uma tela de papel. Escolhi uma sala ao acaso, dobrei o panfleto ao meio e o guardei no bolso do casaco. Eu queria, de alguma forma, chegar às obras com ingenuidade, saber pouco de sua origem ou proveniência, vê-las apenas como eram. Vários potes e vasos estavam expostos em estantes de vidro, com cartões manuscritos que listavam a época em que foram feitos e outras informações que eu não conseguia ler. Cada qual a seu modo, eram imperfeitamente moldados, mas com personalidade. Em suas formas irregulares, tão grossas quanto delicadas, era possível notar que cada um havia sido feito à mão, e depois vitrificado e pintado, também à mão, de modo que houve um tempo em que algo tão simples quanto uma cumbuca da qual se comia ou um copo do qual se bebia não se diferenciava da arte. Andei de sala em sala, tirei uma foto de um prato azul, cor de ágata, com flores brancas pintadas, provavelmente lótus, e outra de uma cumbuca marrom, com interior cor de casca de ovo. No começo, tinha percebido minha mãe atrás de mim, parando onde eu parava, ou se movendo rapidamente quando eu andava. Mas logo a perdi de vista. Esperei por um instante na última sala do térreo para ver se ela iria reaparecer, e então subi. No caminho, notei uma sala onde uma tela havia sido colocada ao fundo e que dava para um jardim tranquilo com pedras e árvores de bordo, as folhas ficando vermelhas.

Os tecidos estavam pendurados em uma sala comprida, de modo que era possível olhar para todos ao mesmo tempo ou um de cada vez. Alguns eram pequenos, mas outros eram tão grandes que suas caudas caíam e corriam pelo chão como água congelada e era impossível imaginá-los sendo usados ou pendurados em qualquer outra sala, a não ser ali. Seus desenhos eram ao mesmo tempo primitivos e graciosos, e tão bonitos quanto as vestimentas de um conto popular. Olhar para a translucidez dos tingimentos sobrepostos me deu a impressão de olhar para cima através de um dossel de folhas. Eles me lembravam das estações do ano e, em seus fios naturais e aparentes, me faziam pensar em algo amável e honesto, que havia sido esquecido, algo que apenas podíamos olhar, não mais viver. Me senti ao mesmo tempo hipnotizada por essa beleza e triste com esse pensamento vago. Passei pelas peças muitas vezes e esperei na sala por minha mãe. Como ela não apareceu, fui explorar o restante da casa sozinha e, no final, a encontrei esperando por mim do lado de fora, sentada no banco de pedra ao lado do local onde eu havia deixado nossos guarda-chuvas.

Perguntei se tinha visto os tecidos, e ela disse que tinha visto poucos, mas estava cansada, então estava me esperando ali. Eu queria, por algum motivo, falar mais sobre a sala, e o que havia sentido nela, aquela estranha familiaridade. Não era incrível, eu queria dizer, que uma vez tenham existido pessoas capazes de olhar para o mundo — folhas, árvores, rios, grama — e vê-los como padrões, e, ainda mais incrível, que tivessem sido capazes de encontrar a essência desses padrões e colocá-los nos tecidos? Mas descobri que não podia. Em vez disso, disse que uma das salas do último andar, que dava para o jardim e para as árvores, fora projetada para contemplação. Era possível abrir a janela e se sentar a uma mesa estreita, observando as pedras, as árvores ou o céu. Talvez seja bom, eu disse, parar de vez em quando e refletir sobre as coisas que aconteceram, talvez pensar na tristeza possa, na verdade, acabar nos fazendo felizes.

Naquela noite, fomos a um restaurante, numa ruela perto da linha férrea. Escolhi um caminho ao longo do canal, que achei que seria agradável àquela hora da noite. Os prédios ao redor estavam escuros, e as árvores, escuras e silenciosas. Plantas cresciam nas paredes íngremes do canal, descendo em sua direção, e na água davam uma impressão delicada e trêmula do mundo. Ao longo da rua, os restaurantes e cafés tinham acendido apenas luzes fracas e suaves, como lanternas. Embora estivéssemos no meio da cidade, era como estar em um vilarejo. Essa foi uma das experiências de que mais gostei no Japão e, como tantas coisas, ficou a meio caminho entre um clichê e a verdade. É lindo, eu disse, e minha mãe sorriu, mas era impossível saber se ela pensava o mesmo.

    O restaurante ficava na cobertura de um prédio de dois andares, e as escadas eram tão íngremes e estreitas que subi-las era quase como escalar uma escada de bombeiros. Fomos conduzidas a um balcão de madeira, próximo a uma janela pequena com vista para a rua, onde, notei, havia começado a chover outra vez. Como minha mãe não comia coisas vivas, pedimos com cuidado. Li o que consegui do cardápio, mas precisei da ajuda dela com mais frequência do que de hábito com caracteres que não entendia ou que havia esquecido e, juntas, conseguimos chegar aos pratos certos. Pude sentir que ela estava aliviada por enfim poder oferecer alguma ajuda.

Minha mãe olhou pela janela e disse que estava chovendo de novo. Olhei também, como se percebesse pela primeira vez, e disse que estava, sim. Ela comentou que, mesmo sendo outubro, não estava com frio, que o clima ali parecia mais ameno, um casaco leve era tudo de que precisava. Perguntou se choveria no dia seguinte, e eu respondi que não tinha certeza, mas então peguei o celular para conferir e disse que a previsão era de dia claro, embora tivesse que checar de novo quando voltássemos ao hotel. Ela contou que se sentira estranha na semana anterior à viagem e estava preocupada com a possibilidade de não estar bem para fazê-la, mas tinha descansado e cuidado da alimentação, e agora se sentia bem, e nem mesmo tão cansada. Perguntei o que havia achado do dia, e ela disse que tinha sido muito bom. Então pegou a bolsa e tirou um livrinho. Explicou que o encontrou em uma loja perto de casa e que ele descrevia a natureza da personalidade das pessoas baseando-se no dia do nascimento. Ela pulou para o mês certo e leu o meu.

As pessoas nascidas no dia do seu aniversário, disse ela, são idealistas na juventude. Mas, para serem verdadeiramente livres, precisam perceber a impossibilidade de seus sonhos, e assim ter humildade, e só então serão felizes. Elas gostam de paz, de ordem e de coisas bonitas, mas podem viver inteiramente dentro da própria cabeça.

Ela leu o texto do seu próprio dia, e depois o da minha irmã, que ela disse ser leal e trabalhadora, mas também que se irritava com facilidade e podia guardar rancor por muito tempo. Então leu a parte que dizia quem era mais compatível com quem, comparando primeiro cada uma de suas filhas entre si e depois cada uma delas consigo mesma. Achei que algumas coisas eram verdadeiras e outras, não, mas a verdade mesmo era que essas coisas permitiam que alguém falasse de você, ou do que você tinha feito ou por que o fizera, de uma forma que desvendava sua personalidade em traços distintos. Isso faz com que as pessoas pareçam compreensíveis umas para as outras, ou para si mesmas, o que pode parecer uma revelação. Mas quem é que pode dizer como alguém agiria em um determinado dia, para não mencionar os lugares secretos da alma, onde todo tipo de coisa pode existir? Eu queria falar mais disso, mesmo que apenas para perseguir o pensamento, para marcá-lo para mim mesma, mas sabia também que ela precisava, e queria, acreditar em tais coisas: que minha irmã era generosa e mais feliz na companhia dos outros, que eu deveria ter cuidado com o dinheiro no mês de maio, então não falei nada.

A comida chegou em duas bandejas, com uma cumbuca de arroz branco no centro e diversos pratos menores de vegetais e guarnições de cada lado, dos quais se podia escolher entre muitos sabores e texturas diferentes. Minha mãe comentou um pouco de cada um, parecendo satisfeita com nosso esforço combinado. A maneira como ela usava seus palitinhos para mover as coisas de um prato para outro, segurando-os com os dedos para que as pontas nunca se cruzassem, sempre me pareceu elegante. Eu segurava os meus do jeito errado, espetando e cruzando, e a cada vez que tentava imitar o estilo dela, falhava, e sempre acabava derrubando coisas.

Enquanto comíamos, perguntei outra vez se havia algo em particular que ela queria ver enquanto estávamos ali, algum jardim especial, ou templo, ou marco histórico. Ela balançou a mão no ar e disse que qualquer coisa serviria. Contou que tinha consultado um guia antes da viagem, mas decidira não comprá-lo, embora na capa houvesse uma foto de alguns portões vermelhos brilhantes. Eu falei que eles ficavam em Quioto, e que se ela estivesse interessada nós poderíamos vê-los, pois nossa viagem terminaria ali.

Acabei de comer primeiro, coloquei meus palitinhos na borda da cumbuca e esperei. Lá fora, os trilhos do trem estavam escuros e silenciosos, dividindo a rua como um rio. Homens e mulheres voltavam de bicicleta para casa, dirigindo com uma mão e segurando guarda-chuvas transparentes com a outra. De vez em quando, alguém parava para comprar alguma coisa na loja de conveniência do outro lado da rua, com vitrines bem iluminadas e repletas de marcas cujas embalagens coloridas eu começava a reconhecer. Pensei em como essa cena era vagamente familiar para mim, em especial com os cheiros do restaurante ao redor, mas também estranha, porque não era na minha infância, mas na infância de minha mãe que eu estava pensando, e em outro país que não este. E, no entanto, havia algo na sensação subtropical, o cheiro do vapor, do chá e da chuva. Isso me lembrou das fotografias, ou dos programas de televisão a que assistíamos juntas quando eu era mais nova. Ou então era como os doces que ela costumava comprar para mim, que, sem dúvida, eram os mesmos que sua mãe comprava para ela. Era estranho algo ao mesmo tempo ser tão familiar e ainda assim tão distinto. Eu me perguntei como poderia me sentir tão em casa em um lugar que não era meu.

Minha mãe afastou a cumbuca e se desculpou, dizendo que não conseguia terminar de comer. Eu disse que estava tudo bem e juntei o resto do arroz dela com o meu, embora não estivesse com fome. No fundo de nossas cumbucas de cerâmica havia um pequeno círculo no qual o esmalte havia se acumulado e secado. Parecia líquido, como um lago azul, mas, quando se inclinava a peça para o lado, ele nunca se movia.

Eu havia escolhido um hotel em um dos bairros mais movimentados da cidade, com a estação de um lado e uma vista para um parque famoso do outro. Escolhi pensando não apenas em conveniência, mas em conforto, até mesmo em luxo, embora agora já não tivesse tanta certeza da minha escolha. O hotel era como qualquer outro, de alguma forma sempre transitório, com a mesma decoração que se encontraria em hotéis do mundo todo. Era pensado para oferecer o conforto de um ambiente em que nada se destacava ou intimidava. Os corredores eram tão parecidos entre si que eu virava na direção errada para chegar ao nosso quarto, desorientada. Enquanto minha mãe tomava banho, sentei em uma das camas e liguei para minha irmã. Havia uma grande janela em um canto do quarto, com um parapeito largo e frio, e cortinas de seda pesadas, com uma camada interna de tecido mais fino para quando se quisesse ver, ou ver em parte, o brilho do lado de fora. Abri as duas camadas enquanto falava ao telefone, olhando para as luzes vermelhas que brilhavam no topo dos arranha-céus e de uma estrutura alta que pensei que poderia ser a torre de Tóquio.

Minha irmã atendeu, dissemos olá e perguntei a ela como estavam as coisas. Ela disse que a filha estava usando o mesmo vestido fazia três dias. Tirava apenas para tomar banho, mas depois até dormia com ele. Contou que, antes de viajar para o Japão, nossa mãe tinha cuidado das crianças por uma manhã em uma loja de departamentos enquanto minha irmã se ocupava de alguns afazeres. Lá, sua filha insistiu em comprar o vestido e, quando nossa mãe expressou relutância, fez sua primeira birra pública. Em pânico, nossa mãe tinha cedido e pago. O vestido, disse minha irmã, era feio e caro, mas sua filha havia visto algo nele, algo que se conectava a um sentimento profundo dentro de si, que ela ainda não tinha idade suficiente para expressar. Também era muito curto, e minha irmã teve que costurar uma barra de renda extra em volta da bainha, embora soubesse que a filha cresceria logo. Agora, suas duas crianças estavam brincando no jardim, e, a cada dia, o vestido, que era cor de trigo claro, ficava mais e mais sujo.

Minha irmã também havia sido propensa a ataques de fúria quando criança. Mencionei isso e ela disse que sim, ela lembrava, embora mal tivesse pensado nisso até esse episódio da filha. Eu me lembrei de vê-la uma vez batendo uma varinha de vidro contra a parede de tijolos de casa. A varinha tinha sido preenchida de purpurina e água, de modo que o conteúdo rolava magicamente de uma ponta a outra, dependendo da inclinação. O objeto era precioso para nós duas, e agora nem eu nem ela conseguíamos recordar por que ela o quebrou, revivíamos apenas nossa desolação depois do ato. Perguntei a minha irmã se ela conseguia se lembrar da fonte de sua raiva naquela época e ela disse que não, não conseguia. Contou que, com o passar dos anos, sua raiva havia diminuído e agora, estranhamente, ela tinha a reputação de ser uma pessoa calma e equilibrada, em especial no trabalho, onde era sempre elogiada por sua competência. Mas testemunhar a filha era como se lembrar dos detalhes de um sonho que ela teve um dia, em que talvez, em algum momento de sua vida, tivesse havido coisas pelas quais valia a pena gritar e chorar, alguma verdade mais profunda, ou mesmo horror, que todos ao redor negavam com convicção, de tal modo que só se podia ficar cada vez com mais raiva. No entanto, agora, minha irmã não podia ter acesso a esse sentimento, apenas à lembrança dele, ou nem isso, algo ainda mais remoto. Tudo o que lhe restava fazer, disse, era permitir que a filha usasse o mesmo vestido por dias a fio, costurar uma nova bainha, preparar algo quente para o jantar, olhar para ela com uma compreensão falha e consolá-la de todas as formas insuficientes.

Perguntou como estava indo a viagem, parecendo cansada. Eu sabia que ela estava estudando para a última rodada de exames, aqueles que a ajudariam a se especializar, que pediam um conhecimento e uma tecnicidade que eu nem sequer podia imaginar. Respondi que não tinha certeza. Não sabia dizer se nossa mãe estava ali porque queria estar, ou se era algo que estava fazendo por mim.

No jantar, minha mãe perguntou sobre minha vida. Eu tinha contado que Laurie e eu estávamos pensando se teríamos filhos ou não. Minha mãe disse que deveríamos ter, que filhos eram uma coisa boa. Na hora, eu concordei. Mas o que eu queria mesmo dizer era que Laurie e eu conversávamos sempre sobre isso, enquanto cozinhávamos o jantar, fazíamos compras ou preparávamos café. Conversamos sobre todos os aspectos repetidamente, cada um adicionando pequenos detalhes realistas, ou imaginando centenas de possibilidades diferentes, como físicos às voltas com infinitas conjecturas. Quão doloroso seria quando estivéssemos ambos exaustos, com privação de sono? Como seria com o dinheiro? Como conseguiríamos nos sentir realizados tendo, ao mesmo tempo, que dedicar tanto cuidado a outra vida, dependente da nossa? Perguntamos aos nossos amigos, todos francos e honestos. Alguns disseram que era possível encontrar um caminho, principalmente à medida que os filhos cresciam. Outros disseram que todos os pontos mais fracos de nosso relacionamento seriam revelados. Outros ainda disseram que era uma experiência eufórica, se a gente se entregasse a ela.

E, no entanto, essas contribuições atenciosas não significavam nada, porque era impossível, no final das contas, comparar uma vida com outra, e sempre acabávamos voltando ao mesmo ponto de onde havíamos partido. Pensei se minha mãe já havia se feito essas perguntas, se ela sequer se deu ao luxo de fazê-las. Eu particularmente nunca quis ter filhos, mas de alguma forma sentia essa possibilidade agora, tão adorável e elusiva quanto um poema. Outra parte de mim se perguntava se não estava tudo bem de qualquer jeito, não saber, não ter certeza. Que eu poderia, em certo sentido, deixar a vida acontecer, e que talvez essa fosse a verdade mais profunda o tempo todo, que não controlamos nada nem ninguém, ainda que, na verdade, eu também não soubesse disso.

Minha mãe tinha mencionado que queria comprar algo para os filhos de minha irmã, por isso no dia seguinte fomos a uma grande loja de departamentos, onde ela passou um tempo olhando pelos corredores com atenção. Na seção infantil, ficou entre uma camisa cinza e uma azul, entre uma mochila grande e uma pequena. Segurou cada peça diante de mim como se eu fosse um espelho e perguntou o que eu achava. Respondi que gostava da camisa azul e da mochila grande, mesmo sabendo que, na verdade, era impossível prever do que os filhos da minha irmã gostariam, já que suas coisas favoritas mudavam de forma constante e imprevisível, como se impulsionadas por outras leis, que não conseguíamos compreender. O que era preciso e completamente necessário em uma semana seria descartado na próxima, e, do mesmo modo, o que havia sido negligenciado de repente se tornava favorito outra vez. No balcão, a vendedora embrulhou os presentes com capricho, usando papel de seda de tons pastel, caixas e fitas finas e delicadas. Poderia dizer que minha mãe estava satisfeita, embora suspeitasse de que, de qualquer forma, meus sobrinhos não teriam paciência para lidar com essas camadas, e provavelmente as rasgariam.

Na noite anterior, caminhamos de volta à estação pelas ruelas que seguiam a curva da linha de trem. A calçada estava escura, a noite densa, como os arbustos mais baixos de uma floresta, mas ao longo do caminho ainda havia uma ou outra loja aberta, suas luzes brilhando como a luz de uma pequena casa em um vale, se vista de uma certa distância. Havia bicicletas do lado de fora e, em alguns toldos de madeira, uma ou duas lanternas de papel vermelho estavam penduradas. Disse à minha mãe que havia uma boa livraria no caminho que ficava aberta até tarde, eu sabia, e que gostaria de dar uma parada lá. Já estivera no lugar antes com Laurie. O pai dele era escultor e foi principalmente com Laurie que aprendi sobre arte, embora, em comparação a ele, eu ainda soubesse muito pouco. Visitando a loja pela primeira vez, ficamos surpresos ao encontrar uma bela coleção de livros de arte usados, em inglês e japonês.

Reconheci o prédio e empurrei a porta sob o breve som de um sininho. Lá dentro, estava tudo tão calmo e silencioso como em uma biblioteca. Uma música de piano tocava e, depois de um tempo, reconheci alguns compassos. Era a mesma melodia que eu havia escutado quando estudante, enquanto passava pela faculdade de música da universidade uma noite, durante um daqueles momentos solitários, um pouco abstratos, em que um fragmento musical pode parecer especialmente bonito. Uma luminária leitosa tinha sido colocada sobre a bancada, seu brilho dando a impressão de uma grande vela. Vaguei pelas estantes, observando os títulos. No final, em uma seção sobre pintores, encontrei uma edição grande de capa dura sobre paisagens, com um capítulo dedicado a uma série de pinturas que me lembrava de ter visto quando era estudante. Na época, pensei que as pinturas eram esboços, feitos de alguma forma com aquarela ou giz. Isso porque tinham me dado apenas uma vaga impressão de montanhas e praias, estradas, penhascos e lagos, de tal modo que tudo parecia sem forma, ou fantasmagórico, talvez tirado de uma lembrança ou de um sonho. Era como se o artista as tivesse espalhado no papel apenas com os dedos, ou como se as pinturas tivessem sido submersas logo depois de terem sido terminadas, deixando apenas manchas nubladas de cor e tinta. Só muito depois eu soube que o artista era bem mais conhecido por suas outras pinturas — de dançarinas ou mulheres em casas de banho. Aprendi também que as paisagens não eram feitas apenas com pintura, mas com uma espécie de impressão com tinta, chapas e papel, acabada às vezes com óleo, e eram essas impressões secundárias ou terciárias que lhes davam essa qualidade esquecida, como coisas vislumbradas e relembradas da janela de um trem em alta velocidade. Chamei minha mãe para lhe mostrar e explicar o método de criação, para que ela não cometesse o mesmo erro que eu. Encontrei outros livros e mostrei obras que admirava e que achei que ela poderia gostar, esculturas e entalhes que buscavam capturar a essência da vida, do nascimento, da esperança ou do desespero. Para cada uma, expliquei o contexto, a intenção e um pouco das circunstâncias em que foram feitas. Perguntei se ela gostaria que eu lhe comprasse algo. Ela respondeu que não precisava, que não sabia o que escolher. Falei que poderia ser qualquer coisa, que só precisava escolher o que mais a interessava, mas ela parecia hesitante em pegar um livro, apontando para um, aparentemente ao acaso, e dizendo "esse", a voz como uma pergunta. Acabei escolhendo para ela um pequeno volume de história da arte de um escritor inglês. A mulher no balcão tinha mais ou menos a minha idade e, enquanto processava a venda, fez algumas perguntas sobre a minha escolha e depois sobre mim. Contei de onde éramos e que estava viajando com minha mãe pelo Japão. Conversamos um pouco sobre o artista, e ela me contou que estudara em Londres, e enquanto estava lá viajara para o Marrocos e o Butão. Ela nos desejou felicidades e me entregou o livro em um saco de papel amarrado com barbante vermelho, que peguei e dei à minha mãe.

Depois de sair da loja de departamentos, pegamos o trem para um dos distritos comerciais centrais, para uma galeria localizada no quinquagésimo terceiro andar de uma torre de cinquenta e quatro andares. O prédio havia sido construído em uma ampla colina, e seu exterior, azul-esverdeado e espelhado, teria sido projetado para se assemelhar a uma armadura de samurai. No topo, via-se Tóquio inteira. As paredes eram de aço e vidro e, atrás de nós, a cidade brilhava lá fora: baixa, parecida com a Lua e, em certa luz malva, branca como giz. Uma vez dentro da galeria, fomos levadas a uma pequena fila, e nos disseram para tirar os sapatos e esperar. A cada vinte minutos mais ou menos, grupos de dez ou doze pessoas adentravam o que parecia ser uma sala escura e silenciosa. Uma atendente se aproximou e nos mostrou um desenho da sala em uma prancheta e explicou que lá dentro estaria completamente escuro, mas que poderíamos sentir o caminho passando a mão pelas paredes. Depois, alcançaríamos alguns bancos, onde poderíamos nos sentar. Quando chegou nossa vez, seguimos as instruções. Eu não conseguia ver nada à minha frente, nem mesmo um contorno. De alguma forma, a escuridão envolvente da sala nos deixou a todos em silêncio, de um modo que era ao mesmo tempo carregado de expectativa e ligeiramente insuportável. Pensei em minha irmã, provavelmente trabalhando agora em sua ala no hospital. Ao meu lado, dois turistas franceses caíram na gargalhada, incapazes de suportar aquilo. Então um pequeno quadrado de luz laranja começou a aparecer à distância. Era tênue como a aurora e, como a aurora, tivemos que esperar muito tempo até que pudéssemos vê-la completamente. Enfim, tornou-se maior e mais brilhante, mas tão lentamente que era impossível perceber essas mudanças. Ainda assim, por ser a única coisa visível na sala, não podíamos deixar de olhar para a luz com foco intenso. Depois de um longo tempo, nos disseram que poderíamos nos levantar e nos aproximar. Caminhei avançando devagar. Meus olhos ainda estavam se ajustando, e a sala agora parecia ser de um azul profundo e impenetrável, como o azul da noite, e de repente era difícil confiar no que eu via à minha frente. O chão parecia estar no mesmo nível do meu rosto. Quando me aproximei, vi que a luz não vinha de uma tela, como havia pensado, mas de uma cavidade quadrada perfeitamente recortada na parede, outra coisa que eu não havia percebido.

No café da galeria, encontramos uma mesa para duas pessoas junto à janela e pedi dois "bolos decorados", inspirados na exposição, e dois chás verdes. Enquanto comíamos, perguntei à minha mãe o que ela havia achado da obra que tínhamos acabado de ver e ela me olhou em um breve estado de pânico, como se fosse chamada a responder uma pergunta que não compreendia. Eu falei que estava tudo bem, que ela deveria se sentir à vontade para responder com sinceridade qualquer coisa que pensasse. Acrescentei que, se ela ainda tivesse disposição, havia mais uma galeria que eu gostaria que visitássemos, não muito longe dali, a apenas algumas estações de distância. Na verdade, a galeria ficava um pouco mais longe do que fiz parecer. Eu podia ver que ela estava cansada. Tudo o que precisava fazer era dizer que ela não se preocupasse, que já tínhamos visto o bastante naquele dia, e que poderíamos voltar para o hotel e descansar. Mas, por alguma razão, deixei a sugestão pairar no ar, e fazer isso foi como aplicar uma espécie de pressão firme, mas suave. Depois de um momento, ela assentiu e assenti também, recolhendo nossos pratos.

A exposição era de uma coleção de obras de Monet e de outros pintores impressionistas. O prédio era apertado e mal-iluminado, e muitas das obras estavam penduradas em molduras complicadas e elaboradas. Mas cada uma ainda continha um mundo em si mesma, de cidades e portos, de manhãs e noites, de árvores, caminhos, jardins e luz, sempre em transformação. Cada uma mostrava o mundo não como era, mas uma versão do mundo como poderia ser, de sugestões e sonhos que eram, como sempre, melhores que a realidade e, portanto, infinitamente fascinantes. Fiquei com minha mãe em frente a uma das principais pinturas da exposição e disse que na verdade eu entendia como era difícil.

Antes, ela havia me perguntado sobre um livro que eu estava lendo, e expliquei que era uma releitura moderna de um mito grego. Contei que, por muito tempo, tinha amado essas histórias. Em parte, porque elas tinham uma qualidade metafórica eterna que poderíamos usar para falar de quase tudo na vida: amor, morte, beleza, dor, destino, guerras, violência, família, juramentos, funerais. Disse que era mais ou menos como os pintores costumavam usar a câmera escura: ao olhar indiretamente para a coisa que queriam focar, eles às vezes se tornavam capazes de vê-la com ainda mais nitidez do que com os próprios olhos. Contei que havia passado um ano da faculdade estudando esses textos. Em uma das primeiras aulas, tínhamos empurrado as carteiras para trás e feito um semicírculo para ouvir a professora falar sobre a Guerra de Troia. Comentei que, em comparação com o rigor da escola católica em que tínhamos estudado, que ela tanto se esforçara para nos oferecer, onde não se podia sequer ter um botão da camisa desabotoado ou o cabelo mais curto do que a altura do queixo, aquele gesto em si parecia revolucionário. Pelo restante do semestre, a professora falou sobre os gregos, sobre como algumas das maiores peças gregas na verdade falavam da culpa que sentiam como sociedade escravista que eram, na qual as mulheres também eram mantidas caladas, e, acima de tudo, da culpa quanto ao que tinham feito a Troia. Tal foi seu remorso, que fizeram desse incidente, que poderia ter desaparecido na história, uma de suas obras de arte mais duradouras e trágicas. Ela disse que na época, quase como agora, grande parte da literatura e do ordenamento social gregos eram baseados nas regras sagradas da hospitalidade. Primeiro, os troianos violaram essa regra ao levar Helena, e depois os próprios gregos se vingaram com seu presente mortal do cavalo de madeira, assim como com todas as outras violações que ocorreram ao longo de suas histórias. Ela disse que esses sentimentos estavam muito vivos em nós ainda hoje. Em seguida, falou da própria infância, na qual sua mãe, de algum modo, manteve um registro tácito de tudo o que era dado e recebido, não apenas entre amigos, mas entre cada um dos membros da família. Ela se lembrou dos presentes perfeitos que a mãe levava sempre que visitavam outras casas, uma formalidade que, quando adolescente, muitas vezes tinha considerado insuportável, e de como a mãe sempre fazia comentários sobre qualquer coisa que lhe fosse dada em troca, pesando tudo em uma balança da justiça invisível. Na infância, sua família tinha morado em uma casa grande, onde recebera muitos convidados e hospedara parentes, mas nada era feito sem passar por essa conta, da qual ninguém nunca falava, e quando adulta ela teve que se esforçar muito para erradicar cálculos semelhantes que aconteciam na própria mente.

 Naquele ano, eu estava ávida por tudo o que essa professora dizia, por cada livro e cada peça mencionada em aula. Fiquei fascinada pela forma como as personagens falavam em grandes monólogos figurativos, dando plena voz à raiva e à tristeza, com uma precisão que seria impossível em qualquer discurso na realidade. Fiquei chocada, também, ao saber que muitos de meus colegas já tinham lido esses textos e estavam familiarizados com suas teorias e interpretações. Para eles, a professora não revelava algo, mas apenas repetia ideias já bem antigas. Não só isso, eles também pareciam saber de tantas outras coisas: filmes, livros, peças e artistas, dos quais traziam os nomes para a conversa com uma facilidade que sinalizava algo. Quando uma menina da minha turma falou de um determinado filme em relação a Antígona, ela o fez de maneira suave e natural, seus olhos passando rapidamente pela sala como que para ver quem mais reconhecia esse nome. Quando os olhos dela foram em minha direção, olhei imediatamente para baixo. Como eles conheciam todas aquelas pessoas, todas aquelas obras? Como tinham conseguido ler e ver tantas coisas nas primeiras semanas do semestre? A garota sabia tanto, aparentemente sem se esforçar, e ela parecia pronta, definida de uma forma que eu não era.

    A professora tinha falado sobre o conhecimento como um elixir, e eu disse à minha mãe que isso era algo em que eu também acreditava. Na escola católica, minha irmã e eu estudávamos muito. Se houvesse alguma coisa que eu não sabia, simplesmente lia e relia tudo o que podia até que nada mais fosse um mistério para mim. Dessa forma, era como uma corredora de maratona, feita apenas de vontade e perseverança. Na escola, tinha feito isso repetidas vezes, e funcionara. Lá, eu tinha entendido tudo, e passado em tudo com nota máxima. Durante essa disciplina, tentei fazer o mesmo. Li todas as peças, e depois os livros sobre as peças, e depois os livros sobre esses livros. Assisti a filmes e li sobre artistas, diretores e poetas. A cada vez, era como se estivesse viajando na velocidade da luz, como se tivesse passado toda a minha vida vivendo em uma dimensão, apenas para que seu tecido se rasgasse e todo um outro universo fosse revelado. A cada vez que terminava um texto, sentia que tinha chegado ao fim, mas então a mesma coisa acontecia de novo e de novo, um dilaceramento de meus pensamentos, uma queda em um espaço vasto e desconhecido, onde o ar corria e todos os meus sentidos estavam sobrecarregados. Era como se esse conhecimento fosse de fato um elixir, uma droga. E, ainda assim, algo me escapava. No final do ano, eu tinha escrito muitas palavras sobre esses textos e agora os conhecia com tanta confiança quanto qualquer outra pessoa. Também os mencionava em conversas, também podia estar confiante, e meus pensamentos pareciam rápidos e plenos. Mas, ainda assim, sentia que havia algo mais, algo fundamental, que eu não compreendia.

No final do ano, a professora disse que faria uma festa na sua casa para alguns colegas e alunos. Disse que os filhos estariam lá, e que todos nós também éramos convidados. Eu estava encantada pela professora, pela forma como ela falava, por seu conhecimento, seus gestos. Ela parecia não ver limite entre o acadêmico e o pessoal, e com frequência nos contava coisas nas aulas que eu, com minha educação católica, achava ao mesmo tempo chocantes e fascinantes. Um dia, ela entrou e contou que a casa de seu pai tinha sido inundada no final de semana por uma tempestade terrível. Tudo se foi, disse. Eles vasculharam os destroços para recuperar o que pudessem — livros, joias, álbuns de fotografias. Ela acolheu o pai e seu parceiro como se fossem refugiados, reunindo roupas e lençóis de amigos. A perda era evidente em seu rosto. Ela não fez nenhuma tentativa de esconder sua dor, que deve ter sido a dor de seu pai também, e isso me surpreendeu, que ela não a tentasse disfarçar, que não se envergonhasse do drama, como teria feito minha família, mas sim o habitasse com raiva e tristeza, como se fosse a pele de algum grande animal que ela acabara de matar. Eu queria muito agradá-la, queria sua aprovação. Estudei com afinco e, quando escrevi meus trabalhos, escrevi não apenas para ganhar uma boa nota, mas tentei acrescentar profundidade e inflexão extras tendo ela em mente. Ao mesmo tempo, temia que minha honestidade fosse exagerada e que, longe de impressioná-la, isso a levasse a não gostar de mim, então mantive uma aparência calma e contida, que descobri ser adequada a mim também.

Eu não sabia se mais alguém apareceria na festa da professora. Arrastei minha irmã para as lojas da vizinhança, na tentativa de achar algo para vestir. Já sabia que não se usava vestido para esse tipo de coisa, ou pelo menos o tipo de vestido que eu usaria em festas. Ao contrário, o truque era vestir algo que fosse casual e instintivo, e que impressionasse sem parecer premeditado. Por fim, escolhi uma calça jeans e uma blusa de tricô vermelho-vivo. Prendi o cabelo em um coque frouxo e levei uma garrafa de vinho comprada em uma loja da rua.

A professora morava em um bairro residencial perto da universidade. A casa era maior do que eu esperava e cercada por um muro alto de concreto, coberto de hera. Nos fundos, havia um grande e lindo jardim, com piso de tijolos antigos e três oliveiras. No meio do jardim, uma mesa de madeira grande e pesada, repleta de comida e bebida, como nos banquetes e festas que estudáramos e lêramos nas peças daquele ano letivo. Um cachorro, lindo e ruivo, corria alegremente, tropeçando na grama verde e irrigada. Fiquei parada por um tempo observando, em meio a algo intenso e perfumado, e percebi que estava em um pequeno pomar, com lanternas de papel penduradas no alto. Enfim, encontrei a professora e entreguei-lhe o vinho, e ela me beijou nas duas bochechas. Olhando as outras garrafas sobre a mesa, percebi que o vinho que tinha levado era um equívoco, que em vez de algo que combinasse com esse ambiente, tinha escolhido algo ridículo, doce e infantil. Mas a professora não pareceu se importar. Notei que ela usava um par de brincos incrivelmente bonitos, longos e multicoloridos, que emolduravam seu rosto como uma espécie de cocar. Não pude deixar de lhe dizer isso, e ela sorriu e apontou para onde outras pessoas da minha classe estavam sentadas. Fiquei aliviada ao vê-las e logo entrei na roda, dizendo, animada, que aquilo parecia exatamente a cena de um filme sobre o qual tínhamos conversado. Naquela época, eu queria que cada momento importasse; estava viciada em dilacerar meus pensamentos, aquele rasgo no tecido da atmosfera. Se nada parecia estar trabalhando nessa direção, eu ficava impaciente, entediada. Muito depois, percebi como isso era insuportável: a necessidade de tornar cada momento memorável, de buscar significado em tudo. No entanto, cada um dos meus colegas parecia fazer o mesmo. A conversa era como um tipo de judô, um exercício em movimento constante. Tinha uma pequena sensação de triunfo quando conseguia conversar com eles sobre os tipos certos de livros e filmes. E quando conseguia dizer algo original a respeito, era como ganhasse algo, uma minúscula vitória. Falávamos como se estivéssemos dançando, e dançávamos até delirar. Era tudo tão bonito, continuei pensando, e talvez dizendo em voz alta também. Não podia acreditar que esse mundo existia, e que de alguma forma eu havia entrado nele.

No final da noite, dei uma volta no jardim e dentro da casa. Havia taças de vinho vazias em cima da mesa grande e guardanapos de papel amassados e manchados de roxo no chão. O cachorro descansava em um canto com a cabeça sobre as patas. No pomar, restos de maçã espalhados pelo chão, alguns recém-mordidos, alguns provavelmente de dias ou de semanas antes. Lá dentro, a música tinha parado de tocar, mas ainda se ouvia o barulho suave de conversas no jardim. Peguei as taças de vinho ao passar, derrubando o que sobrou pela grama. Trabalhara em um restaurante e sabia como limpar uma mesa grande. Empilhei os pratos, com os talheres e guardanapos em cima, e as taças de vinho levei de cabeça para baixo com as hastes entre os dedos. Na cozinha, joguei os restos de comida na lixeira e reuni as garrafas de vinho vazias em uma fileira. Enchi a pia com água quente e sabão e lavei os copos e os pratos com cuidado. Logo, a água ficou escura e turva. O calor fazia o ambiente cheirar a vinho velho, perfumado e espesso. Esvaziei a pia e a enchi outra vez com água limpa e mais sabão, e lavei o que sobrou. Ao terminar, empilhei os pratos com cuidado no escorredor para secar. Depois, encontrei um pano de prato e sequei os copos até que ficassem limpos e sem marcas, e os deixei enfileirados sobre a bancada. Limpei tudo e torci o pano. Então peguei minha bolsa e fui embora.

No dia seguinte, a professora me mandou um e-mail para agradecer a ajuda com a limpeza, embora dissesse que eu não precisava ter feito isso. Ela também disse que viajaria por algumas semanas no verão e perguntou se eu gostaria de cuidar da casa e do cachorro. Mal pude acreditar na minha sorte, visitar aquela casa de novo, dessa vez sozinha. Quando chegou o momento, guardei algumas roupas limpas em uma mochila e tirei do envelope amarelo a chave que a professora tinha me entregado na semana anterior. Ao caminhar pela mesma rua, a casa parecia ainda maior do que antes. Destranquei o portão e o empurrei, perturbando as trepadeiras que cresciam sobre o lado de dentro do muro. O cachorro veio em minha direção e eu o deixei cheirar a minha mão por um tempo antes de me abaixar para afagar sua cabeça adorável e lisa. Quando cheguei nos pontos macios e quentes atrás das orelhas, ele semicerrou os olhos, como se levemente hipnotizado. Deixei a sacola na porta e fui de cômodo em cômodo, absorvendo tudo. À luz do dia, podia ver como os tetos eram altos, como a luz entrava por certas janelas e batia nas paredes, como os recantos vazios de um museu contemporâneo. Uma grande e generosa fruteira descansava sobre a bancada da cozinha, parecendo estar à espera de ameixas, maçãs ou cachos de uvas. Havia livros de receitas nos armários e utensílios limpos e modernos que eu nunca tinha visto, coisas como uma máquina de fazer macarrão, um pilão com socador e uma panela rasa, mas pesada, com duas alças espiraladas em cada lado. Várias paredes estavam cobertas de estantes do piso ao teto, repletas de livros. Alguns dos autores eu conhecia de nome e ainda não tinha lido, mas havia muitos dos quais nem sequer tinha ouvido falar. Havia uma seção inteira de literatura grega e outra de livros em francês, e percebi que a professora devia ser fluente em ambas as línguas para conseguir lê-los no original. Achei que era uma pena ficar ali apenas duas semanas; teria sido capaz de passar meses lendo todos aqueles livros, e talvez então estivesse mais perto de alguma qualidade que minha professora, ou a garota da minha classe, parecia ter.

Nos dias que se seguiram, eu era tanto hóspede quanto anfitriã. Fiz passeios com o cachorro pelos caminhos à beira do rio e pelo parque, deixando que ele me levasse para onde quisesse, esperando até que cheirasse e explorasse tudo que seu coração pedia. Folheei os livros de receitas na ampla cozinha e marquei as que queria experimentar, anotando os ingredientes com cuidado em um pedaço de papel. Então, em algum momento do próximo dia, ia ao mercado próximo, puxando um carrinho que encontrara na casa, que parecia uma versão melhor do que os que costumávamos ver nas lojas baratas perto de onde morávamos, do tipo que vendia tapetes ou esfregões ou baldes coloridos a granel. Eu cozinhava algo novo todas as noites, seguindo as instruções com atenção, como se fossem destinadas a um experimento detalhado de laboratório, apreciando o peso das panelas e mexedores, o modo como o exaustor, tão silencioso que às vezes parecia desligado, sugava o vapor da água fervente tão completamente que parecia mágica. Havia muitas tigelas diferentes nos armários e muitos tipos diferentes de talheres, mas, por alguma razão, eu sempre escolhia os mesmos e me sentava no mesmo banco na ponta do balcão da cozinha em vez de usar a mesa grande de jantar ou mesmo a mesa menor de refeições perto da estufa, como se quisesse tornar a minha presença na casa a mais leve possível. Às vezes, me servia uma taça de vinho e diminuía as luzes, ou então colocava um disco para tocar, aumentando o volume para que a música tomasse conta da casa toda. Se fazia calor, abria as janelas e, nessas noites, o cheiro dos lilases que cresciam perto da cerca vinha do jardim, misturando-se com a música e com a minha refeição simples e solitária.

Tendo em mente, também, o papel de hóspede, tive o cuidado de não olhar nenhum armário ou abrir qualquer coisa que parecesse íntima. Mas deixei meus olhos passearem com liberdade pelas superfícies da casa, que estava cheia de objetos e pinturas que a professora trouxe de suas viagens. Dessa forma, a casa era como um museu, e, ao observar tudo, tive a sensação de que cada coisa era escolhida com muito cuidado, que cada objeto contava algo da professora, ou de sua família, das escolhas que fizeram e o que sentiam como o propósito de suas vidas, embora não soubesse dizer exatamente como isso se dava.

A professora disse que eu podia ficar à vontade para receber pessoas e, assim, no meio da estadia, convidei minha irmã e alguns colegas de classe. Cozinhei diversos pratos que já tinha preparado a partir dos livros de receitas e os levei para a mesa grande de madeira no jardim. Durante o almoço — talvez porque o dia estivesse lindo e o pomar tranquilo, e talvez também porque éramos todos jovens, bebendo, conversando e rindo, e porque eu tinha amarrado o cabelo para trás com um lenço azul como o cobalto da louça de Delft —, tive, mais uma vez, a sensação de nos ver como em uma cena de filme, ou em uma fotografia, e essa sensação se conjugava com outra de satisfação, e de acerto. Na cozinha, achei várias pequenas tigelas azuis e brancas, muito parecidas com as que tínhamos em casa, com borda decorada e o que pareciam grãos de arroz translúcidos dispostos em um padrão floral nas laterais. Usei-as para servir a sobremesa cantonesa que tinha feito, uma receita da minha mãe, a única que fiz durante a estadia.

Era aconchegante e caloroso viver lá, e a cada dia eu me sentia mais em casa. Na última noite, enchi a grande banheira com água escaldante e joguei algumas pérolas de óleo cor de âmbar. Fiquei deitada na banheira, com o cachorro descansando no piso ao lado, até a água amornar, então abri a torneira de água quente com o pé até a temperatura subir de novo. Fiz isso por quase duas horas — até que a água quase chegasse à borda, ameaçando transbordar —, antes de destampar o ralo e, com relutância, sair.

Depois, enviei um e-mail para a professora, agradecendo por ter me deixado ficar lá e dizendo que tudo tinha sido agradável e tranquilo. O que não escrevi foi que, por mais agradável que tivesse sido, algo continuava a me escapar, tanto na casa dela quanto depois, uma sensação que permaneceu. Quando voltei para minha casa, fiquei confusa por um tempo. Retomei a rotina habitual: me matriculei em um curso de verão, lia mais livros, escrevia mais textos e perambulava pelo campus quase vazio, com apenas alguns estudantes e professores. Quando o restaurante reabriu depois do breve recesso, voltei ao meu trabalho como garçonete, do final do dia até tarde da noite, quando jantava arroz branco com as sobras que a cozinha nos dava, por volta da meia-noite, antes de cair na cama. Às vezes, ia com minha irmã ou minha mãe ao mercado e, juntas, cozinhávamos os pratos que fizemos a vida toda. Enquanto comíamos, não falávamos dos gregos, de idiomas ou de filmes, como meus colegas na casa da professora, mas sim da refeição e da comida, desde o frescor dos ingredientes até o baixo custo. Não mencionava as coisas que experimentei na casa da professora, nem como me sentei, em uma solidão autoindulgente, com minha taça de vinho a cada noite, pensando sobre o dia que passou. De alguma forma, era como se eu vivesse minha vida de fora para dentro. Peguei objetos que eram meus havia muito tempo — roupas, maquiagem, livros — e às vezes era como se eles não me pertencessem, como se fossem de uma estranha. Olhei para o vaso branco com pés minúsculos no qual um dia um bonsai crescera, e por um breve momento o desprezei. Olhei para as pequenas tigelas azuis e brancas em nossa cozinha. Nós sempre comíamos nessas tigelas. Eram exatamente iguais às da casa da professora, mas também totalmente diferentes. Percebi que parte do problema era que eu passei a notar essas coisas, reparar nelas, quando antes não teria dado nenhuma atenção, embora ainda não soubesse por que ou com que objetivo fazia isso. E então, um dia, me ocorreu algo. Percebi que a casa da professora era mesmo como um museu, ou como certas lições de história: uma linha suave e fluida. Nossa casa, ao contrário, era como um arranjo pós-moderno, um emaranhado de cores, ruídos e objetos que, por muito tempo, tive que lutar para silenciar e esquecer, e dos quais sentia uma vergonha difusa. Não conseguiria expressar isso de outra maneira. Nada mudou muito depois disso, exceto que, por um longo tempo, parei de ler os gregos. Quando voltei a eles, muito depois, quase me desapontei ao descobrir que seguia fascinada.

A essa altura, também já conhecia a história da porcelana azul e branca, que existia de um modo ou de outro na casa da professora e na minha. Eu folheava um livro sobre a arte do Leste Asiático na casa de alguém, uma amiga de uma amiga, que eu não conhecia bem, quando me deparei com a imagem de dois vasos que também eram azuis e brancos. Todo mundo conversava na cozinha, mas eu parei de virar as páginas e me curvei sobre a imagem. Reconheci o padrão imediatamente, com uma clara diferença nos vasos: as formas eram mais finas, com bordas lisas e linhas elegantes, o branco mais leitoso e o azul mais claro e desbotado, como se aplicado com um pincel. Li que a porcelana era feita há centenas de anos na China, e que era comercializada não apenas na Europa, mas também no Oriente Médio, aparecendo nas pinturas de Rembrandt van Rijn, ou como tabuletas inscritas com versos do Alcorão. Li que, durante um bom tempo, a porcelana foi muito valorizada, em parte porque o segredo de sua composição ainda era um mistério. As peças eram exportadas para a Europa e passaram a ilustrar as casas holandesas ou a iconografia cristã ao lado de pétalas de lótus e bordas tradicionais de *ruyi*. Essas, feitas por encomenda, foram nomeadas *Chine de commande*. Mais tarde, o segredo da fabricação foi descoberto na Alemanha e na Inglaterra, e a porcelana chinesa se tornou menos única e menos necessária.

Voltei-me para minha mãe, que ainda estava olhando o Monet, aquele que, por acaso, era um de seus quadros mais famosos. Ela estava se balançando levemente sobre seus pés, como se ao som de uma música, ou como se estivesse muito cansada. Eu disse a ela que às vezes também não entendia o que via nas galerias ou lia nos livros. Embora eu conhecesse a pressão de sentir que precisava ter uma visão ou opinião, em especial uma que se articulasse com clareza, o que em geral só vinha com uma certa formação. Isso, prossegui, permitia que se falasse de história e contexto, e em muitos aspectos era como uma língua estrangeira. Por muito tempo, eu acreditei nessa língua e fiz o possível para me tornar fluente nela. Mas, disse, às vezes, na verdade cada vez mais, sentia que esse tipo de resposta também era falso, uma performance, e não o que eu procurava. Às vezes, olhava para uma pintura e não sentia nada. Ou, se tinha um sentimento, era apenas intuitivo, uma reação, nada que pudesse expressar em palavras. Tudo bem, eu falei, simplesmente dizer se fosse esse o caso. O mais importante era estar aberta, ouvir, saber quando falar e quando não falar.

Caminhamos pelo cemitério de Aoyama. As famosas cerejeiras estavam desfolhadas e, ao nosso redor, as pedras verticais davam a impressão de pequenos santuários. Pareciam menos sepulturas do que casas e terrenos para espíritos minúsculos, e algumas eram mesmo cercadas por portões ou cercas de madeira, enquanto outras tinham lanternas de pedra em miniatura, ou vasos de pedra, onde colocaram flores. Pedra, musgo, folhas varridas, escritos em postes de madeira. Por alguma razão, me lembrei de uma floresta ou de um mosteiro. Antes, fomos a um grande museu ao ar livre no Parque Koganei, onde antigas casas japonesas foram transportadas e reconstruídas, para mostrar como era a vida no período Edo. Dentro de uma delas, uma mulher nos convidou a sentar e nos serviu chá quente de uma chaleira tirada do fogo. O sabor era floral, mas não exatamente doce. Olhei para a xícara e vi uma flor rosa. A mulher disse que o chá era de pétalas de *sakura*, preservadas em sal. Olhando ao redor da casa, com seu chão de terra batida e fogão a lenha, minha mãe comentou que lembrava sua casa de infância. Como poderia, no entanto, se a casa tinha mais de duzentos anos? Mas eu sabia que ela se referia ao chão batido, à cozinha simples, sem eletricidade, à penumbra. Ainda havia ruas como aquela em Hong Kong, remanescentes de pequenas aldeias, amontoadas nos espaços entre arranha-céus, ou em lajes, com fios elétricos e varais esticados entre as casas. Ela me contou que, quando menina, uma vez viu um homem pular de uma sacada no quinto andar, e em outra viu um cachorro ser espancado na beira da estrada.

Eu me dei conta de que, com a idade que eu tinha agora, minha mãe já fizera uma nova vida para si mesma em um novo país. Ela já havia se tornado mãe de um novo bebê e provavelmente era capaz de contar em uma só mão o número de vezes que retornaria a Hong Kong para ver sua família. Tentei, em vão, imaginar seus primeiros meses lá. Ela sentiu saudade de casa? Ficou impressionada com as ruas, as casas de tijolos e de madeira, tão diferentes do lugar em que crescera? Ficou extenuada não pelas grandes diferenças, mas, como muitas vezes acontece, por incontáveis diferenças menores — os supermercados sempre tão bem abastecidos, mas onde não se podia comprar macarrão transparente, ou o tipo certo de arroz; as casas em que o mingau era algo simples e sem gosto, feito com aveia e leite, em vez de cebolinha em fatias finas, brotos de bambu e ovos pretos, de cem anos; as ruas onde as pessoas gritavam dos carros enquanto ela atravessava, por motivos que ainda não conseguia entender; o caixa do banco incapaz de entender seu inglês colonial quase perfeito?

Depois de tomarmos o chá, entramos em uma antiga casa de banho comunitária. O amplo espaço era separado por uma parede baixa, metade para mulheres, outra para homens. As banheiras eram fundas e quadradas, cobertas de azulejos azul--claros. Ao longo das paredes, havia uma série de torneiras e espelhos, onde, expliquei, sentadas em banquinhos baixos, as mulheres se lavavam antes de entrar nos espaços coletivos maiores. No alto, um enorme mural com céu azul, montanhas, vegetação, nuvens e um grande lago azul, tão bonito e simples quanto uma ilustração de livro infantil. Minha mãe se esticou para olhar, inclinou o pescoço e deu um suspiro, como se não fosse uma parede pintada, e sim uma vista ampla e agradável. Tirei uma foto do mural, suas cores me lembravam os cartazes usados para promover eventos esportivos como as Olimpíadas nos anos 1960 e 1970, depois fotografei os azulejos azuis, e perguntei se ela gostaria de ir a uma das casas de banho de Tóquio comigo. Contei que tinha estado em uma na minha última viagem e gostara da experiência, todas as mulheres e crianças tomando banho juntas. Ela disse que não tinha trazido maiô, e eu respondi que não havia problema, na verdade, maiôs não eram permitidos. Minha mãe sorriu e balançou a cabeça. Pensei nas casas de banho, em como os bebês e as crianças mais novas ficavam agarrados às mães quando elas os lavavam, derramando água em suas cabeças enquanto usavam a outra mão para proteger seus olhos, em como ainda não se sentiam de fato separados, mas sim parte do mesmo corpo, do mesmo espírito. Eu sabia que minha irmã e eu sentimos o mesmo em uma época. Nessa viagem, minha mãe quase sempre estava vestida e pronta antes de mim. Se por acaso eu acordasse e a visse saindo da cama de pijama, ela ia ao banheiro se trocar no mesmo instante, e fazia uma pequena reverência, à maneira japonesa, antes de fechar a porta.

Pegamos um trem cedo para Ibaraki e, enquanto caminhávamos para a estação carregando as malas, o céu estava fosco e quase tão escuro quanto a sala da galeria no dia anterior. Sob nossos pés, a calçada parecia brilhar levemente, e passamos por algumas pessoas que estavam a caminho do trabalho, vestindo casacos marrons compridos com as golas levantadas ou segurando pastas finas. Eu disse para minha mãe que nesse dia viajaríamos por horas, com um desvio para ver uma única coisa.

Eu estava com medo de perder nosso trem, o que significaria perder outros trens de conexão, e nos apressei para sairmos do hotel. Acabamos por chegar com bastante antecedência. Olhei para o painel e percebi que o trem anterior ao nosso chegaria em poucos minutos. Pedi que minha mãe esperasse com as malas e fui rapidamente até uma das máquinas de venda de passagens do outro lado da plataforma. Me lembrei de que era possível trocar os bilhetes em uma dessas máquinas para um trem anterior, mas também tinha consciência de que poderia não conseguir chegar no embarque a tempo. Sabia que minha mãe estava um pouco preocupada por nos separarmos nesse momento de trânsito, que por trás de sua calma ela queria que me apressasse. Inseri nossos bilhetes e tentei navegar pelo menu, apertei o botão para a versão em inglês, sabia que o trem chegaria a qualquer momento. Fui pulando de tela em tela e, por fim, a máquina pegou as passagens e, após uma longa pausa, soltou outras duas. Agarrei-as e corri de volta para minha mãe, que acenou com as mãos me incentivando a continuar, bem quando o trem parava na plataforma.

Assim que encontramos nossos assentos, minha mãe pegou meu casaco e o pendurou em um dos pequenos ganchos de plástico na parede do vagão, enquanto eu subia as malas para o bagageiro. Perguntei se ela gostaria de ler um dos livros que eu levava, ou então o jornal que eu pegara no hotel naquela manhã, mas ela balançou a cabeça e disse que estava contente de apreciar a vista. Então se sentou muito ereta, com as mãos no colo, e olhou pela janela, por onde o campo ia passando. O trem andava tão rápido que a paisagem era apenas um borrão, uma impressão de cores e linhas, de tal modo que seria impossível captar qualquer detalhe agradável. Minha mãe comentou que meu tio gostava de trens, e teria gostado desse, mesmo que não pudesse pegá-los com frequência.

Lembrei que uma vez minha mãe me contou uma história desse tio, que conheci nas poucas viagens que fizemos a Hong Kong. Ele era quieto e magro, com um ar acadêmico de estudante universitário que nunca fora. Assim como minha mãe, ele cuidava bem de suas roupas e de sua aparência, sempre de camisa branca engomada e sapatos pretos, o cabelo penteado com um leve ondulado para o lado, como os astros do cinema chinês dos anos 1930 e 1940. Minha mãe disse que, ao contrário da maioria dos meninos da vizinhança, meu tio era gentil e atencioso. Ele trabalhava para um homem no mercado de aves e às vezes levava algumas para casa. Quando menina, minha mãe adorava tê-las por perto. Oito anos inteiros os separavam em idade, porque minha avó sofreu dois abortos nesse período. Minha mãe sempre observava o irmão mais velho limpar as gaiolas e às vezes tinha permissão para ajudar com os recipientes de água, que ela enchia na pia da cozinha e levava para ele, com cuidado para não derramar uma gota, para que pudessem ser colocados de volta dentro das gaiolas, que ele já forrara com folhas de jornal limpas.

Um dia, um homem entrou na loja e passou muito tempo olhando os bichos, pedindo ao meu tio que pegasse essa ou aquela gaiola de onde eles as mantinham penduradas em longas varas presas ao teto. Meu tio sempre teve o cuidado de baixar as gaiolas gentilmente e com suavidade — sabia que, se o movimento fosse muito brusco ou irregular, as aves ficariam angustiadas e tentariam voar, o que poderia levar a uma perna ou asa machucada. Enfim, o homem escolheu duas das aves mais bonitas e caras, aquelas com peito em forma de coração e penas avermelhadas, dizendo que eram um presente para a filha. Eles são como um casal, brincou. Meu tio fez a venda, a última do dia, e fechou a loja, puxando primeiro as portas corrediças de madeira e trancando-as, e depois os portões de metal.

Era a estação das monções, e com frequência durante esses dias meu tio caminhava para casa na chuva, que às vezes era tão forte e repentina que mal dava tempo de abrir o guarda-chuva. Não importava por onde se andasse, os sapatos encharcavam e as barras da calça também. E então, com a mesma rapidez, a chuva passava, para ser substituída por um calor igualmente espesso e opressivo. No dia em que recebia o pagamento do mês, meu tio chegava em casa, pegava o envelope e dava dois terços do dinheiro para a mãe.

Uma manhã, contou minha mãe, meu tio destrancou as portas de madeira da loja e encontrou alguém que esperava do lado de fora dos portões de metal. Através do padrão de crisântemos, ele viu que era uma estudante, reconheceu o uniforme da escola do convento local, que era bem perto da sua, que ele deixara aos catorze anos para trabalhar. Nas mãos, ela segurava uma caixa de sapato, com seis furos na tampa que pareciam ter sido feitos com um lápis. Quando abriu a caixa, meu tio encontrou uma das aves que vendera àquele homem no mês anterior, fraca e trêmula, em uma cama feita de tiras de meias escolares. Meu tio pegou uma das gaiolas e transferiu as aves que ali estavam para outra. Então limpou a gaiola minuciosamente, ajustou o poleiro para que ficasse baixo e próximo à base, forrou-a com folhas limpas de jornal e colocou comida e água. A menina foi para a escola e, durante os dias seguintes, ele manteve a gaiola ao alcance dos olhos enquanto trabalhava na loja, levando-a até as áreas ensolaradas quando estava quente, ou então fechando a porta de tela parcialmente para protegê-la quando vinham as chuvas. Mais tarde, quando o pássaro finalmente conseguiu voar até o poleiro, que meu tio ajustou para ficar cada vez mais alto à medida que o bicho melhorava, ele levou a gaiola coberta com um pano pesado sobre a armação de bambu até a casa da garota, que na verdade era mais como uma vila, em uma rua bem conhecida.

Nos dias e semanas que se seguiram, minha mãe disse que via seu irmão e a menina juntos — andando de bicicleta pela cidade ou esperando na fila em uma barraca de beira de estrada. Às vezes, eles a convidavam para ir junto e a levavam até a loja de doces, onde enchiam um saquinho com ameixas secas e guloseimas. Ela se acostumou aos pontos de encontro habituais — na fonte do parque, ou na esquina perto da escola do convento. Não é preciso dizer que os pais da menina desaprovariam que eles passassem tempo juntos, porque meu tio era pobre e não tinha concluído a escola. Na maioria das vezes, eles planejavam e se encontravam em segredo. Minha mãe, por sua vez, acabou se tornando cúmplice, sua presença um disfarce fácil para quem os visse, sua pouca idade, aos dez anos, uma acompanhante silenciosa. Me perguntei, ouvindo isso, como minha mãe teria se sentido naquela época. Ela era nova o bastante para que fosse seu primeiro contato real com um romance, ou crescida o suficiente para ficar intrigada com isso? Empoleirada na bicicleta do irmão ou subindo em algum brinquedo no playground, ela teria notado, por exemplo, como era quando duas pessoas, de repente, ficavam muito concentradas uma na outra? Como, mesmo quando eles pagavam os doces dela, ou compravam um ingresso a mais para o cinema, a atenção dos dois raramente estava voltada para o que estavam fazendo? Como suas piadas eram feitas para que o outro risse, como estavam felizes? Será que ela testemunhou tudo isso, pensando ou sonhando sobre o que poderia estar por vir para ela mesma, no futuro?

    Seu irmão sempre se interessou por câmeras e comprou uma usada com o que guardara de seu salário. Muitas vezes, tirava fotos quando estavam todos juntos, e porque ele era sempre o fotógrafo, os únicos registros do relacionamento são as fotos da minha mãe com a garota. Ela ainda tinha as fotos em algum lugar, contou, uma série tirada na fonte do parque, minha mãe de pé na borda, a menina sentada ao lado dela com uma saia comprida, sorrindo, a água como um prato preto e prateado atrás delas. Minha mãe disse que, na época, ela achava a menina muito sofisticada, quase uma adulta. Ela usava meias escolares brancas até os tornozelos e carregava os livros amarrados por uma grossa faixa colorida. Era uma garota linda, com o rosto pálido tão valorizado naquele tempo, e usava o cabelo em um rabo de cavalo, preso por um elástico enfeitado com duas contas brancas do tamanho de bolinhas de gude. Ela sempre foi gentil com minha mãe, a quem chamava de irmãzinha, e um dia contou baixinho em seu ouvido os planos que eles tinham de fugir juntos assim que o ano letivo terminasse.

Mas é claro que, apesar da cautela do casal, todo mundo sabia do romance. A menina contou para as amigas na escola, e o chefe do meu tio a viu esperando por ele do lado de fora da loja. Vizinhos e amigos viram os dois andando de bicicleta a caminho da baía ou compartilhando comida ocidental na casa de bebidas. Era um segredo de polichinelo.

Um dia, meu tio esperou no ponto de encontro habitual perto da escola, mas a menina não apareceu. Ele enfim foi até a escola e falou com uma de suas colegas, que disse que a menina não tinha ido à aula naquele dia. Na casa dela, com alguma audácia, ele tocou a campainha, mas ninguém atendeu. Deu a volta pela rua lateral e subiu em uma árvore próxima, espiou pelas janelas, e viu que os cômodos estavam vazios. Depois de um tempo, voltou para os portões da casa e esperou. Não podia fazer mais nada. Por fim, a governanta teve pena dele, saiu e contou que a família se mudara para os Estados Unidos e não voltaria. Ela se virou para entrar, mas aí fez uma pausa, como se estivesse considerando algo. Então olhou para meu tio e disse não ter certeza se deveria contar aquilo a ele, mas decidira contar mesmo assim.

Falou que, ao saírem, a menina deixou um recado para o meu tio, que ele a esperasse, porque um dia ela voltaria. Além de ser pobre e sem formação escolar, explicou minha mãe, meu tio também tinha um problema cardíaco. Os médicos disseram que ele morreria ainda criança, o que não aconteceu. Ainda assim, naquela época ele estava muito doente para viajar, mesmo que soubesse para onde nos Estados Unidos a família tinha se mudado, mesmo que tivesse dinheiro para isso. O que mais ele poderia fazer além de agradecer à governanta e voltar para casa? Continuou trabalhando e cuidando da saúde e, quando juntou dinheiro o bastante, comprou um apartamento de um quarto nos arredores da casa da garota, onde agora vivia uma nova família e por onde ele podia passar de vez em quando. Mais tarde, meu tio encontrou um novo emprego, e depois outro e outro, e terminou em um jornal. A empresa perguntou se ele gostaria de mudar de cidade, para um cargo melhor, mas ele recusou a oferta. Embora não vendesse mais pássaros canoros, sempre tinha um com ele: amarelo e pequeno — às vezes vasculhava mercados por toda a cidade para encontrar o certo. Ele nunca se casou e não tinha família. Em algum momento, contou minha mãe, eles receberam uma carta. Vinha do exterior, em um envelope internacional azul-claro com bordas em vermelho e marinho. A carta fora escrita em uma caligrafia limpa e firme, e o conteúdo descrevia uma vida vivida em estranho paralelo: a chegada a um novo país, a uma nova escola, a saudade e a mágoa que, pouco a pouco, se dissiparam, depois a universidade, a inesperada surpresa de um novo amor, seguida de um emprego, casamento e filhos. A menina, agora mulher e mãe, perguntava pelo meu tio, chegara a ele com a ajuda de uma rede de conhecidos mútuos, e queria voltar a escrever, até mesmo telefonar e conversar, mas meu tio, embora tenha tentado várias vezes, nunca encontrou em si mesmo uma resposta adequada para escrever.

Ao longo da minha infância, muitas vezes minha mãe contara versões dessa história, assim como outras histórias, de pobreza, família e guerra. Certa vez, já adulta, perguntei novamente sobre meu tio e pedi que me mostrasse as fotos das quais falara com tantos detalhes, mas ela franziu a testa e disse que nada daquilo acontecera com seu irmão. Disse que ele trabalhou em uma papelaria na rua deles, não na loja de um homem que vendia aves no mercado, embora tivesse, sim, um problema cardíaco que o manteve perto do bairro de sua infância a vida toda, e, sim, ele nunca tinha se casado.

Perguntei à minha irmã sobre a história, mas ela disse que também não se lembrava. Mais tarde, me disse que, na verdade, parecia muito com uma novela de TV a que ela tinha assistido nos tempos da escola. No dia seguinte, ela ligou e contou que estava fazendo, pela primeira vez, um bolo de arroz-doce de que eu talvez me lembrasse, da época da nossa infância. Ela topou com a receita em uma revista e a reconheceu de imediato, apesar de ter se esquecido do bolo havia muito tempo. Os ingredientes, disse, eram enganosamente simples: apenas farinha de arroz, água, um pouco de açúcar e um pouco de fermento, que ela misturaria e cozinharia no vapor e depois deixaria esfriar. Ela pegou emprestada uma grande panela a vapor de nossa mãe e agora estava fazendo o bolo, para que seus filhos também pudessem provar e se lembrar dele. De novo, ela disse não se lembrar da história do nosso tio que nossa mãe contara. Sua única lembrança clara da família de nossa mãe era de ir a Hong Kong para o funeral de nosso avô, quando ela tinha talvez seis ou sete anos. Como tantas memórias de infância, essa era composta sobretudo de impressões e sentimentos fortes. Ela se lembrava de dormir em uma cama estranha, com um cobertor com estampas de crisântemos rosa-claros, com textura de toalha — sabia que alguém, um primo de segundo grau ou outro parente, abriu mão dele para que ela pudesse usar, nunca soube exatamente quem. A casa estava sempre cheia de gente, pessoas sentadas e conversando ou entrando e saindo da cozinha, de um jeito que ela não entendia. Minha irmã contou que tinha achado isso desorientador quando criança, era incapaz de distinguir estranhos de familiares — muitos foram gentis com ela de maneira repentina e inexplicável. Eles vinham com frequência lhe oferecer algo, um doce ou um salgadinho, e tentavam conversar com ela em cantonês, língua que ela não falava nem entendia. Eles sabiam disso, mas ainda assim tentavam, como se a compreensão pudesse surgir magicamente, desde que ambos os falantes quisessem. Minha irmã olhava fixamente para eles e por fim todos desistiam, balançando a cabeça e indo embora. Ela conhecia apenas um punhado de frases e durante toda a viagem só foi capaz de se expressar dizendo coisas que significavam "sim", "não" e "obrigada". Ao contrário das outras crianças, ela não parecia saber o bastante para que lhe permitissem ajudar e, em vez disso, foi mimada e deixada sozinha. Ela passava a maior parte do tempo encolhida em uma cadeira de jacarandá, jogando o Game Boy do primo ou assistindo a desenhos na TV. Se quisesse sair para brincar no pequeno pátio, para, por exemplo, ver o leão de pedra que tinha ali, com uma bola sob a pata pesada e decorativa, eles lhe emprestavam um par de chinelos cor-de-rosa que eram muito grandes para ela, e que já estavam desgastados e escurecidos com o formato dos pés de outra pessoa. A única tarefa que lhe deram foi ajudar a lavar o arroz, enchendo e drenando o líquido leitoso várias vezes até que ficasse quase transparente, algo simples o bastante para uma criança fazer. À noite, ela ficava acordada, ouvindo o som dos ventiladores e do resto da família conversando na sala.

 Ela contou que não se lembrava do funeral, apenas do cemitério, em algum lugar no alto das colinas, repleto de placas de pedra cinza e muitos, muitos degraus. Disse que durante toda a viagem ficou profundamente desorientada. Se sentiu vigiada e, embora fosse vista com bondade, era o tipo de brandura que você daria a um animal pequeno que não entende nada, incapaz de controlar sua natureza. Ela não sabia como se comportar, como transitar por esses estratos familiares novos e complexos dos quais fazia parte. Ao contrário do que acontecia na nossa pequena família, nunca havia tempo para ficar sozinha, nunca havia tempo para descansar. Todo mundo sempre parecia ocupado fazendo algo para outra pessoa, e isso a fazia se sentir inútil e desajeitada. Sabia que a família estava de luto, mas o homem da foto no altar da casa e no túmulo era um estranho para ela. Lembrava-se apenas da aparência das cédulas de dinheiro que tinham levado naquele dia, porque vinham em uma embalagem roxa brilhante, quase fúcsia, com desenhos em folha de ouro. Contra o cinza das pedras e os degraus de concreto, as cores pareciam vibrantes e quase bonitas. As cédulas em si também eram coloridas, como dinheiro de um jogo. Como todo mundo, ela entrou na fila e jogou as notas no fogo, e só quando o vento mudou de direção e a fumaça entrou em seus olhos, ela percebeu as lágrimas. Durante o restante do dia, ficou entediada e mal-humorada, e quando lhe deram uma cumbuca de comida para deixar como oferenda, ela a colocou rápida e descuidadamente sobre a borda de pedra, um gesto que, ela sabia, teria envergonhado nossa mãe diante de seus amigos e parentes. Alguém lhe comprou um sorvete, e ela se agachou e o tomou entre a grama alta e o ar úmido.

    No dia seguinte, eles foram até uma joalheria do bairro vizinho, onde minha irmã viu mais um leão de pedra, além de uma estátua que reconheceu como a deusa da misericórdia, com seu rosto gentil e seus dedos longos. Havia também uma tigela feita de jade e cheia de água. Minha irmã disse que, no fundo, dois bagres gravados na pedra nadavam entre juncos e plantas, mas pareciam recuados, de modo que davam a impressão de estar mesmo flutuando na água. Em algum momento durante a visita, ela percebeu com vergonha que a família queria lhe comprar um presente. Eles pegaram diferentes peças de joalheria, sobre as quais falaram. Parte do jade era branco e opaco, ou marrom e translúcido, não muito diferente dos ovos de cem anos escurecidos que comeram nos dias anteriores. Outros eram de um verde profundo e cremoso, e a lembravam do pico da montanha ou do musgo que crescia no cemitério. Por fim, no entanto, minha irmã escolheu não uma joia, mas algo que era mais como um brinquedo. No balcão, havia uma pilha do que pareciam ser livrinhos ou caixas, com capas de pano verde e azul, amarradas com fita vermelha. Sob a tampa, havia uma pequena tartaruga dourada, junto com uma pedra, atrás de uma lâmina de vidro. Assim que a caixa era aberta, as patas da tartaruga começavam a se mover e a flutuar, a cabecinha virava de um lado para o outro. Minha irmã se apaixonou por essa traquitana e, de alguma forma, o fato de possuí-la apaziguara toda a estranheza e a confusão que sentira nos dias anteriores. De volta para casa, em especial durante as refeições animadas e quando recebiam visitas, ela se esgueirava para abrir a caixa e observar a pequena tartaruga executar sua dança confiável, como se também nadasse, embora na verdade não fosse a lugar nenhum. Na viagem de retorno, ela a embalou com cuidado, colocando-a entre algumas de suas camisetas, mas, quando a abriu novamente, descobriu que o vidro, preso com uma cola de má qualidade, tinha se deslocado e a tartaruga não era mais capaz de se mover.

 Minha irmã disse que voltou a Hong Kong apenas uma vez, quando era uma jovem residente, para um congresso médico realizado em um hotel em Kowloon. Ela mal reconheceu o lugar e, na verdade, parecia que o via pela primeira vez, e não pela segunda. Não esperava, contou, a estranha justaposição da cidade, com seus enormes arranha-céus cinzentos contra a exuberância da floresta subtropical, os picos verdes das montanhas, a baía. Era bonito de um modo surpreendente, e ela achou difícil acreditar que já estivera lá. A essa altura, terminara a faculdade de medicina e trabalhava em um hospital público movimentado, que testava seus limites e que, ela sabia, lhe daria o que precisava para se especializar. Estava indo bem, e agora tinha sido convidada para dar uma palestra nesse congresso de endocrinologia bem-conceituado, em uma cidade estrangeira. Ela mal se lembrava da criança desajeitada e teimosa que era quando esteve ali antes, incapaz de se defender sozinha, e que tinha jogado as oferendas no túmulo de maneira tão insensível. Para a palestra, ela levou um blazer cinza acinturado com pantalonas combinando e, por baixo, usou um suéter branco simples. Os auditórios estavam escuros, lotados. Os palestrantes eram bons e desafiadores. Ela sabia que se aperfeiçoaria por ter estado lá. Na entrada, entregaram-lhe um crachá com seu nome e o nome do hospital.

No fim do dia, ela pulou os drinques e a socialização habitual para ver a cidade — decidiu não se preocupar com os trens, mas pegar táxis ou o Star Ferry. Quando o barco cruzou o Victoria Harbour, ela tirou o blazer e o pendurou com cuidado na grade da proa. O vento puxou seu cabelo, que prendera naquela manhã, fazendo com que mechas curtas e soltas voassem sobre seu rosto de um modo que parecia libertador. O mar estava agitado e liso, e ela se debruçou com os antebraços sobre o blazer dobrado, olhando para a cidade envolta na fina neblina dourada do anoitecer.

Ela disse que pretendia procurar o restante da família, mas esteve tão ocupada com trabalho antes da viagem que não teve tempo. Uma vez lá, lembrou a si mesma outra vez que o faria, mas primeiro queria ter um tempo sozinha. Tinha estudado e trabalhado tanto o ano todo e agora queria aproveitar. No congresso, conheceu o homem que mais tarde se tornaria seu marido, um recém-formado, trabalhador e competente, assim como ela. Ele também compartilhava o comportamento que ela adquiriu ao longo dos muitos anos de estudo, assertivo e empático, e ao mesmo tempo confortavelmente impessoal. Também tinha parentes por perto, em Taiwan, e, como ela, ainda não fizera planos para vê-los. Agora, como seu marido, ele lhe era tão familiar que ela mal conseguiria imaginar um momento em que não estivesse profundamente à vontade em sua companhia, quando poderia se assustar com sua presença em uma sala. Mas se lembrava, ou ao menos achava que se lembrava, dos dias inebriantes que passaram juntos, quando ainda não se conheciam completamente. No dia de folga, eles subiram até o pico ensolarado. No topo, havia binóculos posicionados no mirante, e eles fizeram o que os turistas fazem: colocaram moedas nas fendas para usá-los para ver a cidade. Ao subir, minha irmã também notou um pavilhão rodeado de pequenos pedestais de pedra e, no topo, outro leão de pedra cinza. No dia seguinte, foram para a ilha de Lantau, onde pegaram o teleférico com fundo de vidro e viram o gigantesco Buda de bronze no topo dos muitos degraus. Ele esperou por ela enquanto comprava roupas na Canton Road e, à noite, se perderam em um labirinto de pequenos bares e restaurantes onde, muitas vezes, ela ganhou bebidas de graça. Em algum momento durante essas atividades, minha irmã me contou, ela percebeu que esse era um homem ao lado do qual ela conseguia se imaginar. Ali estava alguém que, como ela, era comprometido e, pela maneira como falava e pelas coisas que dizia, podia sentir que ele valorizava a estabilidade, que planejara um curso estável na vida. Como alguém que estudou minuciosamente os exames e o histórico do paciente, e agora tinha diante de si a radiografia ou o exame de varredura definitivo, ela estava relativamente confiante com os resultados.

Por alguma razão, em uma conversa inicial, ela o deixou acreditar que aquela também era sua primeira vez em Hong Kong. E de fato era mais fácil, ela tinha que admitir, bancar a turista, aproveitar a cidade dessa maneira. Ela não mencionou a família que tinha em algum lugar dali — ainda não sabia exatamente onde — e, quando o congresso terminou, disse a si mesma que agora era tarde demais. Anos depois, ela disse, ainda não havia esclarecido isso para o marido, embora se lembrasse de ter olhado pelo binóculo no pico, imaginando, por um breve momento, se por acaso pousaria os olhos no cemitério onde esteve muitos anos antes.

No último dia, durante um intervalo entre as palestras, ela entrou em uma loja de departamentos enorme por uma escada rolante a céu aberto. No andar mais alto e mais silencioso, havia uma joalheria onde as peças estavam expostas sobre seda branca em mostruários de vidro bem iluminados, e onde os funcionários vestiam ternos cinzas e luvas brancas, como se para chamar atenção. Minha irmã se debruçou sobre as vitrines e, ao pousar a mão nelas, ouviu o tilintar suave e agradável de seu relógio de ouro contra o vidro. Assim que deixou claro que não falava cantonês, o homem atrás do balcão passou para o inglês. Minha irmã sabia que não tinha muito tempo antes de ter que voltar para o congresso, mas, de alguma forma, também sabia que compraria algo nessa loja para se lembrar da viagem, assim como foi presenteada na viagem anterior. Por fim, ela escolheu um disco de jade achatado, mais branco do que verde, uma forma abstrata fixada em um aro prateado que ficava plana contra sua pele quando o usava. Isso a fez se lembrar do dinheiro antigo que era usado uma época na China e, mais tarde, dos discos *bi* que eram usados em funerais antigos, durante um período em que se acreditava que o jade faria parar a decomposição do corpo sob a terra.

✳

O único lugar em que eu queria chegar naquele dia era uma igreja — segundo relatos era um prédio muito bonito, projetado por um arquiteto famoso, em um subúrbio perto de Osaka. Disse à minha mãe que, embora soubesse que ela não acreditava naquela religião, a visita devia ser uma experiência profunda, e eu esperava que valesse a pena. Mais cedo, no trem, enquanto estava perdida em pensamentos sobre meu tio e Hong Kong, vi a cabeça de minha mãe inclinada contra o encosto perto da janela, seus olhos totalmente fechados. Deixamos nossas malas em armários na estação e mudamos para as linhas locais. No caminho, paramos para almoçar em um pequeno restaurante de *noodles*. Havia uma pequena fila do lado de fora, mas atendiam todo mundo com rapidez e eficiência, com a habilidade e velocidade de um lugar que existia há muitos anos fazendo apenas uma coisa. Os *noodles* vieram em uma tigela grande, branca por dentro, mas por fora decorada com um desenho complicado e denso rosa-melancia opaco, verde e amarelo. Isso me lembrou das tigelas que via com frequência em restaurantes na infância. Esse mesmo padrão deve ter existido em pratos e louças elaborados durante algum período da história. E, assim como a famosa porcelana *qing-hua*, foi admirado e valorizado, de tal forma que, quando se abriu o comércio entre a Ásia e o Ocidente, foi primeiro comprado e depois replicado em muitos países diferentes, por muitas mãos diferentes, e agora existia nessa versão, produzida em uma fábrica e usada em todo o mundo, às centenas de milhares.

Estava frio lá fora e quente no trem, e depois a comida nos deixou um pouco sonolentas. Caminhamos pelas ruas suburbanas, com postes telegráficos de madeira e linhas de energia cruzando-se acima de nós. As ruas eram tão pequenas que muitas vezes não havia calçadas, mas sim linhas brancas desenhadas no asfalto para indicar por onde se podia caminhar. Às vezes, passávamos por um aglomerado de lojas de conveniência, pequenos comércios e cafés — avistados à distância com suas placas verticais coloridas. No museu ao ar livre no dia anterior, passamos por uma casa de madeira de onde se ouvia uma música. Minha mãe diminuiu o passo e, percebendo que ela queria entrar, me virei e nos conduzi até a porta. Lá dentro, duas mulheres estavam curvadas sobre instrumentos longos. Animada, minha mãe disse que eram cítaras japonesas, não muito diferentes das chinesas que ela se lembrava de ter ouvido no rádio quando menina. Eu também reconheci o som, às vezes profundo e amadeirado, às vezes plano e desconexo, ou ondulante, como acontece quando alguém passa os dedos rapidamente pelas teclas de um piano. As mulheres usavam três *tsume* nos dedos da mão direita, que pareciam garras ou unhas brancas e finas, com as quais dedilhavam as cordas. Minha mãe observou, fascinada, ouvindo por um longo tempo, e ao sairmos ela perguntou se poderíamos comprar um CD da música enquanto estávamos lá.

No começo, tive dificuldade para encontrar a igreja, mas a certa altura nos deparamos com ela — um prédio baixo, em forma de caixa, em um bairro tranquilo — e entramos. No interior, as paredes eram de concreto bruto, que absorvia a maior parte da luz, tornando o recinto escuro e cinza. O chão não era plano, mas levemente inclinado para baixo, como se puxasse tudo para o altar simples do sul. Na parede atrás do altar, havia dois grandes recortes, um do chão ao teto e outro na horizontal, de modo que pareciam uma cruz gigante. Nós nos sentamos, e toda a nossa atenção se direcionava a essa grande forma e à luz branca e brilhante que passava pelas aberturas, em contraste com a atmosfera suave do ambiente. O efeito era fascinante, não muito diferente de olhar para a luz do dia pela abertura de uma caverna. E talvez, disse eu à minha mãe, isso também fosse o que se sentia nas primeiras igrejas, quando a própria natureza ainda era uma força no mundo, visceral e sagrada. Disse também que, originalmente, o arquiteto pretendia que a cruz fosse aberta, de modo que o ar e o vento rajassem pelas aberturas, como a própria vontade de Deus.

O dia estava frio e cinzento, e éramos as únicas pessoas ali. Perguntei à minha mãe se ela acreditava na alma, e ela pensou por um momento. Então, olhando não para mim, mas para a luz dura e branca diante de nós, respondeu que acreditava que não éramos algo em essência, apenas uma série de sensações e desejos, nada duradouro. Quando criança, contou, nunca pensou em si mesma de forma isolada, mas como ligada aos outros de modo intrínseco. Disse que, hoje em dia, as pessoas estão sedentas para saber tudo, acreditam que podem entender tudo, como se a iluminação estivesse ao virar a esquina. Mas, continuou, na verdade não havia controle, e a compreensão não diminuiria nenhuma dor. O melhor que podíamos fazer nessa vida era atravessá-la, como fumaça através dos galhos, sofrendo, até chegarmos a um estado de nada, ou sofreríamos em outro lugar. Ela falou sobre outros princípios, de bondade e doação, o acúmulo de bondade como um tesouro de fortuna. Ela olhava para mim então e, eu sabia, queria que estivesse com ela nisso, para acompanhá-la, mas, para meu embaraço, percebi que não podia e, pior, que não conseguia nem mesmo fingir. Em vez disso, olhei para o relógio e disse que o horário de visita estava quase no fim e que talvez fosse hora de ir embora.

Para a próxima etapa de nossa viagem, eu planejara uma caminhada por uma trilha antiga, passando por florestas, vilas e montanhas que outrora se juntaram às cidades imperiais. Mas logo percebi que seria impossível. Choveu a semana inteira, e as trilhas estavam enlameadas e encharcadas. Minha mãe não trouxe sapatos adequados, como eu pedira. Eu queria pressioná--la a fazer a caminhada comigo, mas percebi que teria sido quase cruel. Seu rosto mudou desde a última vez que nos vimos. Ela sempre foi jovial, tanto que percebi que essa ideia estava intimamente ligada à imagem que fazia dela. No entanto, durante a viagem, eu olhava seu perfil, seu rosto quando estava exausto ou descansado, e percebia que agora ela era avó. Então, com a mesma rapidez, de novo eu me esquecia disso, vendo apenas a imagem que tinha dela durante toda a minha infância, que foi estranhamente fixada, apenas para vê-la desfeita de novo alguns dias depois. Disse a ela que, se não se importasse, no lugar do que planejáramos, eu faria a trilha sozinha, o que nos separaria por um dia e uma noite. Ela poderia ficar em uma pequena pousada tradicional, bem perto da estação. A cidade era grande, mas, se ela se mantivesse dentro de um certo perímetro, teria o bastante para ver sem precisar se aventurar demais. Depois, eu pegaria o trem e, no dia seguinte, caminharia na direção em que ela estivesse, voltando ao final do dia.

Na pousada, coloquei algumas roupas na mochila, enrolando cada uma com força para que ocupassem o menor espaço possível. Em seguida, acomodei um fogão a gás de acampamento e uma garrafa de água grande, bem como uma capa de chuva leve, e deixei o resto da bagagem com minha mãe. Perguntei se ela gostaria de tomar um chá comigo antes que eu saísse, e nos sentamos no chão com um bule de ferro preto entre nós, que era pesado, quente e agradável de levantar e de servir. O quarto cheirava a fumaça e arroz recém-queimado. Contei que estava pensando um pouco no que ela dissera no dia anterior sobre bondade. Perguntei se ela se lembrava do primeiro emprego que tive, no restaurante chinês em um subúrbio perto do rio, onde trabalhei durante o primeiro ano da universidade. O restaurante tinha sido bonito, em outros tempos até mesmo famoso e, embora antiquado, ainda conservava um pouco dessa aura, com salas obscuras, iluminadas com cuidado, e pisos escuros e polidos. No interior, tudo era feito com certa formalidade, certa sensação de peso e de precisão, como que para criar um mundo flutuante. Nosso uniforme consistia em avental e sapato preto, e uma camisa cor de marfim com botões forrados de tecido e uma pequena gola mandarim — o bastante para dar uma noção vaga do que já foi chamado de Extremo Oriente. Fomos instruídas a usar sempre maquiagem leve e a prender o cabelo, o que eu fazia, com cuidado e precisão, antes de cada turno. As outras garçonetes eram todas mulheres de vinte e trinta e poucos anos, e na época elas me pareciam impossivelmente adultas. Lembro que se esperava que nos empenhássemos no trabalho e levássemos a sério a reputação do restaurante, de forma que sua fama pudesse se sustentar um pouco mais se todos acreditássemos nela, como uma religião, ou uma fé.

Falei que ela talvez também se lembrasse do meu namorado na época, que era outro estudante, aluno do mesmo curso que eu. Assim como eu, ele tinha uma irmã, e eu sabia, de um modo vago, porque ele nunca falou sobre isso, que tinham sido pobres na infância. Ele era dedicado e tinha um rosto bem formado que parecia muito jovem, mas que eu sabia que só melhoraria à medida que envelhecesse. Sempre foi estudioso e ia à academia com regularidade, e, ainda que nada nele me afrontasse, eu sentia que éramos essencialmente estranhos. Ele também dizia muitas vezes, de maneira afetuosa, que eu era um pouco estranha, e uma vez comentou de relance que eu levava meu trabalho no restaurante a sério demais. Discordei, mas não o contradisse na ocasião. Naquela época, eu levava tudo a sério. Estudei muito porque acreditava de forma genuína que isso me levaria a um propósito mais elevado, e eu gostava da ideia de viver de acordo com um certo rigor ou método. Só queria dominar bem uma coisa na minha vida. Trabalhava no restaurante da mesma maneira. Antes de cada turno, sempre prendia o cabelo com força. Fazia isso não porque queria, mas porque sentia que esse estilo, elegante e rigoroso, estava mais adequado ao nosso papel, que era ser sempre contida e competente. Da mesma forma, me vi fazendo pequenas coisas de maneira diferente quando estava lá, como se o próprio ato de atravessar as portas me transformasse, como se eu me tornasse então porosa, ou calada. Fazia um esforço concentrado para ser eficiente e elegante, consciente dos meus gestos, da minha voz, da expressão do meu rosto, e entendia que, se alguma coisa se quebrasse, se deixássemos cair uma bandeja ou prato ou pilha de copos, isso seria terrível, quase como se nós mesmos nos tivéssemos deliberadamente esmagado em um momento de loucura ou protesto. Às vezes, o restaurante realizava grandes banquetes, quando tínhamos que carregar longos barcos de madeira cobertos com frutos do mar e gelo, guarnecidos com legumes esculpidos em forma de flores, que sempre quis pegar e comer, como uma criança. Embora essas bandejas fossem pesadas e desajeitadas, eu fazia com que parecesse fácil carregá-las, mantendo na mente a imagem de uma bailarina que coloca todo o seu peso nas pontas dos dedos dos pés, mas não demonstra nenhuma dor. Meu namorado muitas vezes brincava que eu era o tipo de pessoa que ficaria feliz em um templo na montanha, instruída apenas para varrer a poeira do chão todos os dias, para contemplar a natureza do tempo e do trabalho e a diferença, ou a absoluta semelhança, entre uma superfície suja e outra limpa.

 Foi nessa época também que voltei a nadar, o que fazia com regularidade quando criança. Havia uma piscina ao ar livre perto do restaurante, a cinquenta metros, ao lado de um centro comunitário e de um parque. Comprei um maiô preto, o corte mais simples que encontrei, tipo collant, óculos de natação e fiz minha matrícula. No começo, foi difícil. Eu não podia acreditar que meu corpo tinha quase se esquecido de como nadar, algo que parecia meio instintivo quando eu era mais nova. Mas, aos poucos, lentamente, com dedicação, tudo começou a voltar. Eu ia nadar três vezes por semana sem falta, mesmo que estivesse cansada, mesmo quando o tempo estava ruim ou quando tinha provas na universidade. Em alguns dias, com a luz fazendo hexágonos no fundo da piscina, o sol, os gramados, a limpidez absoluta da água, não existia lugar mais bonito. E se eu estivesse com a mentalidade certa, focada e relaxada, era capaz de atravessar a água sem fazer quase nenhum esforço, em uma velocidade que parecia muito próxima do voo. Naqueles dias, voltando da piscina depois de ter nadado, com os jardins e as árvores em plena explosão, o sol na trilha, senti algo — meu corpo como meu, forte e bronzeado, que poderia ser qualquer coisa que eu quisesse, desde que me dedicasse o bastante. E senti a mim mesma por um instante, o mundo se abrindo como se através de um grande funil, indo dos meus pés às folhas até o céu acima. Naqueles momentos, eu não pensava em nada, ou, se pensava, era em algo inominável. Esses momentos nunca duravam; iam embora tão rápido quanto vinham, tão rápido que eu nunca podia ter certeza se eles tinham mesmo acontecido. E então eu tinha que seguir o meu caminho.

    Pouco depois de nos conhecermos na aula, meu namorado perguntou se eu gostava de filmes. Respondi que sim, e ele disse que da próxima vez me emprestaria alguns. Em uma palestra na semana seguinte, ele me deu um saco plástico, que levava com muito cuidado, segurando pelo fundo como se fosse um presente embrulhado. Olhei dentro e vi que eram DVDs, principalmente filmes de ação, assim como alguns romances. Não eram clássicos, mas sim títulos de alguns anos antes, de modo que pareciam um pouco datados e, ainda assim, não antigos o bastante. Agradeci, mas, na verdade, tinha pouco interesse nesse tipo de filme e não sabia o que fazer com eles. Acabei colocando-os na minha bolsa e ali os deixei, para que viajassem comigo por um tempo aonde quer que eu fosse. Uma semana depois, devolvi sem ter assistido a nenhum. Meu namorado perguntou se eu tinha gostado e, sem saber o que dizer, mas vendo a expressão em seu rosto, menti e disse que sim.

Quando estávamos juntos havia um ano, ele planejou um jantar em um conhecido restaurante francês, o tipo de lugar, comentou, que frequentaria sem pensar duas vezes depois da formatura, quando enfim estivesse ganhando muito dinheiro. Comprei um vestido novo, tirei a noite de folga do trabalho e me arrumei em casa. Enquanto estava me penteando, recebi uma mensagem de um cliente do restaurante. Não tinha entendido bem no início, pensei que fosse um engano ou um número errado, ou que eu não tivesse lido direito. Também levei algum tempo para identificá-lo. Eu via muitos clientes ao longo de cada turno, e sempre conseguia estar inteiramente presente com cada um, antes de esquecê-los da mesma forma assim que saíam. Eu me comportava de maneira um pouco diferente, fazia pequenas mudanças no rosto ou nas ações de acordo com o que fosse necessário, como alguém posando diante de um fotógrafo, sensível ao ângulo ou ao posicionamento da luz. Se um cliente quisesse conversar, eu estava a postos. Ouvia com atenção e os guiava com sutileza para que fizessem o pedido certo, dizendo algumas coisas simples. Se queriam ficar sozinhos, eu também conseguia ser calma e rápida. Podia recolher os vários pratos e cumbucas de uma maneira que tinha menos a ver com o serviço e mais com a cerimônia, o que por sua vez aliviava a agonia excruciante de uma pessoa basicamente fazendo a limpeza para a outra. Lembrei-me desse homem que chegava cedo, quando o restaurante ainda estava vazio, enquanto o arrumávamos. Ele sempre escolhia uma mesa no canto, com visão completa do salão. Lembrei também que ele em geral ia comer sozinho, mas não se comportava como alguém completamente à vontade para fazê-lo, sempre queria conversar. Acho que ele tinha dado a entender que trabalhava com negócios, e tivera algum sucesso repentino. Não conseguia me lembrar de muito mais.

Quando encontrei meu namorado do lado de fora do restaurante francês, vi que, como eu, ele estava bem-vestido, com uma camisa branca e calça escura, não muito diferente do meu uniforme de trabalho. Entramos, sentamos e nos entregaram os menus. Na mesa, o perfil do meu namorado enquanto observava a carta de vinhos era como o anúncio de um relógio caro. Eu sabia que para ele essa noite já era um sucesso. Ele havia feito algo que considerava romântico, algo correto e bom, e isso, mais do que o custo do jantar, era seu presente para mim. Foi um gesto que, em sua mente, nos aproximava, nos fazia evoluir para algum estado superior, como uma vassoura empurrando duas pedras para a frente ao longo de um caminho. Senti, em algum nível, que eu deveria estar feliz também. Acabei pedindo o que julguei ser o prato errado, mas, quando meu namorado me perguntou como estava a comida, não disse que achava que chegava a ser desonesto mascarar os sabores até que mal desse para dizer que aquilo era comida. Tinha consciência de como era importante apreciar a refeição, ou pelo menos parecer apreciá-la. Pensei que se tentasse o bastante, meu esforço se transformaria em felicidade verdadeira, e seria enfim capaz de interromper esses pensamentos. Quando chegou a sobremesa, era uma espécie de flambado. Partimos a crosta que a recobria com a colher e, por dentro, era tão doce que me deu vontade de adormecer. Tive o vago pensamento de que havia sido ensinada, de alguma forma, que era melhor ser desejada, mesmo que você não desejasse, mesmo que não gostasse muito da pessoa que a desejava. Onde eu tinha aprendido isso, ainda não sabia dizer.

O resto do semestre se desenrolou de modo familiar. Nadei, estudei com meu namorado na biblioteca. Fui às aulas. Minha irmã estava fazendo estágio em um hospital no interior, e quando voltou para nos visitar fomos a Chinatown e fizemos tudo o que costumávamos fazer quando estávamos na escola: comer *dumplings* picantes no restaurante do beco de paralelepípedos, assistir a um filme velho de artes marciais na escuridão fria do cinema, comprar picolés baratos na loja ao lado. No restaurante, continuei a trabalhar como sempre, sendo cuidadosa, atenta, arrumando as mesas e preparando as salas. Se o cliente chegasse e eu estivesse escalada para a seção dele, eu continuava a receber seu pedido e ele continuava a conversar amenidades, como se nada tivesse acontecido. Nenhum de nós jamais mencionou as mensagens que ele tinha me enviado. E, no entanto, a consciência disso estava lá. Um dia, quando eu tinha tirado uma folga para estudar para as provas, ele me mandou uma mensagem dizendo que não me via fazia algum tempo e perguntou se eu estava bem. Em outra ocasião, escreveu sobre seu divórcio e sobre o filho pequeno, que eu tinha visto com ele uma vez, e mencionou também de passagem sua esposa, que eu nunca vira, mas que ele disse ser chinesa. Contou que havia começado a pintar recentemente e, embora suas palavras fossem comedidas, senti que ele queria que eu reconhecesse seu talento, ou pelo menos seu potencial. Lembrei que uma vez talvez tivéssemos conversado brevemente sobre arte, literatura ou cinema, por causa de algo que eu estava estudando. Perguntei ao gerente se algum funcionário do restaurante poderia ter dado a alguém o número do meu celular, e ele me olhou como se eu fosse louca. O gerente disse que eu trabalhava com afinco, que os donos me apreciavam e que esperava que tudo estivesse indo bem com os estudos. Pensei em como era estranho que as únicas duas pessoas que sabiam do que estava acontecendo fossem o homem e eu e como, por alguma razão, a coisa mais importante para mim naquele momento era apenas a capacidade de fingir que não estava acontecendo nada. Meu namorado me convidou para uma exposição de pintura na maior galeria da cidade. Fomos um dia, depois da aula, pegamos o bonde e mergulhamos em um prédio de pedra escuro cercado por fontes. Lá dentro, estava cheio de pessoas circulando por espaços amplos. Parte do teto era de vidro, e uma luz fria e branca descia sobre nós. Eu estava cansada e um pouco entediada, mas pegamos os ingressos, deixamos nossas mochilas na chapelaria e subimos pela estreita escada rolante. No começo, meu namorado e eu passamos juntos pelas obras, que ele admirava e chamava de lindas, embora eu tivesse a sensação de que ele não sabia exatamente por quê. Era como se estivéssemos inspecionando uma fileira de pérolas, que obviamente eram belas por natureza, de modo que dizer isso não significava quase nada. Em algum momento, avancei e cheguei a uma sala com uma pintura de Monet, a mesma, disse à minha mãe, que tinha visto com ela no início daquela semana. Fiz uma pausa, peguei o bule entre nós e enchi as duas xícaras, embora minha mãe mal tivesse tomado um gole, enquanto a minha estava quase vazia.

Eu disse que sabia muito pouco de Monet, tanto quando era estudante como agora. Não sabia muito sobre a época em que ele havia pintado, ou as técnicas famosas em que ele fora pioneiro. Mas, naquele momento na galeria com meu namorado, olhando para aquela luz pálida, as grandes formas de feno no campo, algo me tocou. As obras me pareciam então, como agora, pinturas sobre o tempo. Sentia que o artista estava olhando para o campo com dois olhares. O primeiro era o da juventude, que despertava para uma aurora de luz rosada na grama, e olhava para tudo como possibilidade, a obra que fizera no dia anterior, a obra que ainda faria no futuro. O segundo era o olhar de um homem mais velho, talvez mais velho do que Monet quando os pintou, que olhava para a mesma vista, lembrava-se desses sentimentos anteriores e tentava recuperá-los, só que não conseguia fazê-lo sem impregná-los com seu próprio senso de fatalidade. Olhando para essas pinturas, me senti um pouco como me sentia às vezes depois de ler um livro ou ouvir o fragmento de uma música. O momento parecia muito ligado àquelas tardes voltando da piscina depois que voltei a nadar, à vastidão do mundo. Senti que, se pudesse conectar melhor essas coisas, teria conseguido me dar conta de algo. Então meu namorado parou ao meu lado e fez comentários a respeito da pintura, como ele havia feito diante de todas as outras. Eu não disse nada. Em vez disso, pensei em como sempre éramos gentis um com o outro, como nunca em todo o nosso relacionamento tínhamos brigado ou discordado abertamente. Pensei em como as pessoas tantas vezes haviam descrito meu comportamento como gentil, ou como os clientes do restaurante às vezes elogiavam os funcionários enquanto davam gorjetas, comentando a elegância das garçonetes, suas vozes suaves, seus modos atenciosos.

No restaurante, tivemos uma das noites mais movimentadas do ano. As salas dos fundos estavam cheias, o andar inteiro lotado. Eu estava trabalhando na seção de banquetes com outra garota, o que significava coordenar um grande menu degustação harmonizado. Nessas horas tínhamos que trabalhar rápido, limpando a mesa depois de cada prato e trazendo um novo, lembrando a combinação exata de bandejas e cores. Enquanto isso, precisávamos prestar atenção ao tempo, certificando-nos de chamar os pedidos na cozinha corretamente: se cedo demais, os pratos se atropelariam, interrompendo o fluxo; se tarde demais, as pessoas ficariam com fome e inquietas. No meio da noite, passei pela mesa onde o homem estava sentado, dessa vez com um amigo, e ele fez um gesto para me deter, e por algum motivo parei, embora tivesse a intenção de ignorá-lo. Ele pediu outra cerveja e eu recolhi a garrafa vazia da mesa, anotando o pedido. Enquanto ele falava, lembrei-me de quando ele fora ao restaurante pela primeira vez, devia ter sido na época de seu divórcio, ansioso para falar sobre seus negócios, sua arte. Eu não conseguia lembrar o que eu havia dito então, como havia agido, mas lembrei que me senti mal por ele. Podia ter sido por compaixão que sorri e disse qualquer coisa simples, algo que ele tinha entendido como o oposto do que eu pretendia que fosse. O homem falou por um longo tempo, embora pudesse ver que o restaurante estava cheio, embora pudesse ver que eu tinha que ir. Ao lado dele, o amigo, que eu nunca tinha visto antes, mas que se assemelhava ao homem de uma forma mais emocional do que física, não disse nada, apenas ria de vez em quando, o rosto rosado pela cerveja, e continuou a observar, como se fosse a plateia de uma peça fascinante. Segurei a garrafa de cerveja vazia e escutei, o tempo todo pensando na outra garçonete sozinha nos fundos do restaurante, o malabarismo que ela devia estar fazendo com os pratos, os pedidos que eu estaria perdendo. Não conseguia entender como o homem era incapaz de perceber a diferença entre minhas ações e meus sentimentos, que eram tão fortes e puros naquele momento que eu podia senti-los irradiando de mim como uma espécie de calor. Quando ele finalmente parou de falar, voltei para a cozinha e coloquei a garrafa vazia no lixo de reciclagem. Não consegui explicar na hora, mas senti que ele havia pegado alguma coisa, algo que tocava na privacidade da minha felicidade na piscina, ou à beira do que eu sentira olhando a pintura. Essas coisas eram preciosas, e ainda misteriosas para mim, e agora, eu sabia, eu estava mais longe delas. Joguei o cabelo para trás e me ajoelhei para pegar uma bandeja e um pano para limpar a mesa. Então me levantei e voltei para a sala de banquetes, onde estávamos agora muito atrasadas, e comecei a ajudar.

Assim que o trem saiu da estação, tive uma sensação de alívio. Eu queria caminhar na floresta, entre as árvores. Não queria falar com ninguém, apenas ver e ouvir, me sentir só. O trem passou por campos e fazendas, estufas cobertas de plástico e pequenas passagens. Um pouco adiante, desci e comprei frutas e alguns bolinhos de arroz e algas, além de chá e bolachas em uma loja de conveniência. Então peguei o ônibus montanha acima, até o início da trilha. Eu pernoitaria lá, antes de voltar na manhã seguinte. No caminho para a pousada, tinha visto que não muito longe dela havia uma casa de banho, e levei uma toalha comigo, deixando o resto das minhas coisas e voltando pela estrada. Era fim de tarde e, enquanto caminhava, não vi um único carro. A casa de banho era uma estrutura de madeira no final de um caminho de terra. As árvores ao redor eram de um verde profundo, havia uma cobertura espessa e escura de lama, terra e folhagem caída no chão. A banheira era funda, a água, turva. Lavei e enrolei o cabelo acima da cabeça antes de entrar. As paredes eram feitas de pedra, e o piso de madeira estava molhado e brilhante, as tábuas havia muito tempo manchadas de preto. Não havia mais ninguém e ninguém apareceu durante o tempo todo que fiquei por lá.

Lá fora, eu podia ver o dia escurecendo. Havia dois quadrados de luz branca compridos e alongados na superfície da água, reflexos da janela. Pensei nas minhas tardes na piscina quando era estudante, em como me sentia, comprida e magra. Pensei na minha mãe, que nunca tinha aprendido a nadar, e pensei em Laurie, que andava de caiaque no lago da cratera perto da região em que cresceu.

No início desse ano, tínhamos mudado de cidade juntos e comprado um apartamento perto da baía. Até agora, havíamos passado um inverno lá: dias curtos, os ventos mais fortes que já sentimos, tudo ainda novidade. Às vezes, parecia que éramos dois alpinistas que haviam chegado a um platô, quietos, maravilhados e um pouco atordoados por finalmente encontrar um lugar de descanso. Pensei nas manhãs ali, quando cochilava, muitas vezes ouvindo os sons de Laurie se preparando para o trabalho: a cafeteira no fogo, o chuveiro ligado, o cheiro de café, as botas dele no chão de madeira. Se a gata entrasse, eu ouviria primeiro o toque suave de suas patas, e então sentiria o seu peso enquanto ela se deitava em meu peito, ronronando tão profundamente que eu podia sentir o tremor em minha própria garganta. Gostei do apartamento. O quarto da frente tinha vista para a baía. Era possível abrir o trinco e deslizar para trás a porta de vidro, que tinha uma fileira de pequenos quadrados brancos na frente, desbotados e descascando, e olhar para um mar que, nos primeiros meses, tinha sido cinza como a chuva, ou pálido como a borda de um copo azul. A maioria dos cômodos tinha duas portas, e podíamos andar de forma circular da sala para a cozinha, para o corredor e depois para o quarto, quase como um cenário de teatro. De qualquer cômodo, sempre se via a sugestão de outro, como em uma pintura em que o sujeito se olha no espelho, vendo algo que está fora de vista. O que eu mais gostava era dos dias em que podia vagar descalça pelo apartamento sem precisar nem sair de casa. O carpete era de um cinza denso e velho, da cor de um gato da raça azul russo, esticado na escada como papel dobrado. Na cozinha, havia tábuas velhas que rangiam macias e quentes sob os pés. Eu ia de cômodo em cômodo, arrumando de leve enquanto andava. Havia livros deixados abertos no chão, xícaras, jornais, casacos e roupas, cobertores desdobrados e largados em um canto ou pendurados nas cadeiras. Eu levava as xícaras e os pratos para a cozinha e os lavava enquanto olhava para o pequeno jardim, onde as ervas daninhas cresciam livremente. Ou apanhava um pano e limpava a mesa, as prateleiras, pegando por alguns instantes a pedra que Laurie trouxera uma vez da montanha, aquela que parecia o nariz de um homem de perfil e que ele tinha carregado enquanto subíamos por pedregulhos e caminhávamos ao longo da margem do rio ajudados por cordas. Sempre havia pequenas mudanças: uma laranja que tinha amolecido na fruteira, listas de coisas em papel de rascunho. Certa vez, trouxemos do mato uma vagem marrom enorme, com textura de couro, e a colocamos na cozinha, perto do forno, o lugar mais quente. Certa manhã, acordamos e descobrimos que ela havia se aberto, revelando uma semente grande e escura como o caroço de um abacate.

Em outra ocasião, faltou luz e desenterramos uma lanterna de cabeça e algumas velas de uma das caixas de mudança ainda fechadas. Enquanto a tempestade continuava do lado de fora, demos a volta por toda a casa e as colocamos em vários pontos. Quando as acendi na cozinha, cheirava ligeiramente a bolo de aniversário. Lembro que preparei um jantar simples, tirando a pele dos tomates na escuridão, guiada pelo tato, e não pela visão. Laurie tinha ligado o toca-discos e dançava lenta e intensamente na frente da gata, que continuava a olhá-lo carrancuda de sua almofada no chão. Mal podíamos enxergar a comida na mesa, notando apenas as formas e texturas dos vegetais em suas cumbucas. Eu tinha posto a roupa para lavar, e os lençóis estavam pendurados sobre o rack, a escada e a porta de vidro. Lá fora, ouvíamos que o vento soprava forte, mas dentro, estava silencioso. Lembro-me de pensar, enquanto comíamos, como tal felicidade poderia vir de coisas tão simples.

Em abril, fomos visitar o pai de Laurie, primeiro de avião para o Norte e depois alugamos um pequeno carro amarelo brilhante e dirigimos por várias horas. O final da estação chuvosa se aproximava e tudo estava exuberante e verde. Eu olhava pela janela para as estradas planas, as colinas baixas e os céus grandes e tempestuosos, fascinada ao ver a paisagem em que Laurie crescera, que ainda devia ser, de alguma forma, uma parte dele. Laurie, eu sabia, estava ao mesmo tempo feliz e triste por estar de volta ao lugar que tinha deixado na adolescência e senti como se estivesse vendo algo privado, como se de repente ele fosse um menino de novo, e eu estivesse olhando para uma parte que ele tinha abandonado havia muito tempo. No caminho, paramos para nos revezar na direção e Laurie tirou uma foto minha ao lado do carro amarelo brilhante em um campo de cana-de-açúcar verde. Enquanto dirigia, ele apontou para sua antiga escola, a casa de um amigo de infância, a trilha onde havia treinado e competido quando criança. Paramos em um grande lago, que parecia um círculo quase perfeito. Laurie explicou que o lago tinha sido formado na cratera aberta por um meteorito e que ninguém sabia a que profundidade de fato chegava. Ele o atravessou a nado muitas vezes quando adolescente e uma vez ele e sua primeira namorada pegaram emprestadas a canoa e uma barraca de um amigo e acamparam do outro lado.

    O pai de Laurie morava em uma propriedade grande e fértil no interior. Eles mesmos construíram a maior parte da casa ao redor da estrutura original, acrescentando um quarto extra, onde ficamos, e um grande deck de madeira. Havia uma casinha para os porquinhos-da-índia e de manhã um galo se pavoneava e cantava entre as galinhas e a grama cortada. Embora não vivesse lá fazia muitos anos, Laurie se movia com um profundo senso de familiaridade, do tipo que só poderia vir da infância. Ele andava livremente de cômodo em cômodo, pegava objetos como se fossem seus, conhecia todas as pinturas nas paredes e sabia onde tudo era guardado. No quarto de hóspedes, encontrou uma caixa de sapato cheia de fotos antigas e me mostrou uma de seu aniversário de cinco anos, todos os meninos vestidos de pirata, pendurados em um navio de madeira que seu pai havia construído, e que ficou no jardim da casa por muitos anos. Seu pai nos ofereceu café e frutas, algo verde com gosto de nozes e consistência de creme, e eles falaram sobre a casa velha, os irmãos de Laurie e o trabalho de seu pai. Mais tarde, disse o pai, ele nos levaria ao hangar para vermos o ultraleve em que às vezes voava e, se quiséssemos e se o tempo estivesse bom, poderíamos ir com ele enquanto estivéssemos lá.

Acordamos cedo na manhã seguinte e caminhamos até um lugar nas montanhas que Laurie conhecia, onde ele disse que poderíamos nadar. Mesmo àquela hora, o sol já estava quente, mas Laurie disse que, assim que alcançássemos a trilha, ficaria tudo bem, estaríamos sob a cobertura das árvores. Contei que na noite anterior tinha sonhado com o lago da cratera. Ele era adolescente de novo e eu sua namorada na época. Nadamos juntos com facilidade, mas, quando chegamos ao meio do lago, eu parei e disse que não conseguia mais, que não podia continuar. Lembrei-me da sensação da profundidade infinita abaixo de mim, que só podia sentir porque ele havia me falado dela, e pensei que se parasse naquele momento afundaria e afundaria e ninguém saberia por quanto tempo. Mas, no sonho, Laurie me disse que não desistisse, que fosse em frente, então prosseguimos, e quando alcançamos o outro lado já era noite.

Quando chegamos à trilha, vi que Laurie estava certo: as árvores formavam um dossel denso no alto e a sombra era espessa e exuberante. O caminho era íngreme, e Laurie foi na frente. Eu me lembro de seguir seus passos largos e confiantes, passando por cima de raízes e rochas. Ele havia feito essa trilha e outras muitas vezes, e as conhecia bem o bastante para não precisar nem pensar. Esse universo, por outro lado, era ao mesmo tempo belo e profundamente desconhecido para mim. Depois de um tempo, ouvi o barulho do rio ao lado e, embora a princípio não pudesse vê-lo através das árvores, o som da água era reconfortante como um canto. A certa altura, Laurie parou e apontou para algo entre as árvores, bem no meio do caminho. Ali havia uma teia com uma aranha gigante perto do centro. Sem palavras, nos abaixamos para desviar dela. Por fim, consegui ver o rio logo ao lado e, pouco depois, Laurie nos levou a uma margem onde podíamos nadar. A água era fria, marrom e clara. Eu estava na areia e vi pequenos cardumes de peixes reunidos nas águas rasas. Do outro lado, um penhasco gigantesco se erguia de forma angulosa. Os cumes cinzentos pairavam acima da água, repletos de reentrâncias e fendas escuras, desgastadas em alguns lugares até uma cor quase rósea. As rochas, nos pontos onde encontravam a água, eram escuras e verdes, e cheiravam a minerais. Laurie abriu a mochila e me entregou algumas frutas, que ele deve ter colhido nas árvores da casa do pai mais cedo. Tomamos o café da manhã, depois tiramos a roupa e nadamos.

No final do dia, o pai de Laurie nos levou até seu estúdio, em um grande galpão de madeira e ferro corrugado. Aqui e ali havia ferramentas, equipamentos e lonas de plástico, e em uma mesa baixa, próxima ao chão, se podia comer ou ler. Seu pai nos mostrou algumas das coisas em que estava trabalhando: o retrato de um amigo, cujo rosto ele vinha tentando esculpir fazia anos, insatisfeito, até que finalmente acertou, e outro de uma figura feminina abstrata, ao mesmo tempo pesado e leve, de bronze. O rosto masculino, pensei, era tanto definido como sem forma, como se o artista tivesse feito apenas o mínimo para invocar alguma coisa. O lugar para os olhos era moldado na sombra, de modo que eles poderiam estar abertos ou fechados, os lábios firmes e voltados para baixo. Seu pai, notei, falava com facilidade e gentileza com todos, como Laurie. Mais cedo, ele havia apontado as orquídeas selvagens que cresciam nas rachaduras das rochas, e reparei nele, como em Laurie, a capacidade de captar os pequenos detalhes do mundo, ou de ver coisas que outros podiam não perceber. Era algo, eu suspeitava, que ele fazia inconscientemente, ou de forma automática, sem perceber como isso iria se refletir mais tarde nas esculturas que criava, ou nas coisas que dizia. Por outro lado, talvez fosse algo que ele conhecesse, e cultivasse, como se cultiva uma planta nova.

Abri a caixa de sapato que Laurie encontrara no quarto de hóspedes e espalhei o conteúdo sobre a cama. Havia mais fotos dele e de seus irmãos quando crianças, andando por uma estrada de terra ao entardecer, em algum lugar onde a paisagem parecia recém-arrasada e sem vegetação, sua mãe com ele ou sua irmã nos braços, uma lua pálida apenas visível no alto. Havia cartões-postais de pessoas que eu não conhecia, um passaporte com a página de identificação recortada. Encontrei um desenho que Laurie tinha feito de um peixe na água. Quando perguntei a respeito, ele contou que era dos tempos da escola primária, de quando ele tinha cerca de onze anos. Eu disse que não acreditava, que aquilo era bom demais para ter sido feito por um menino de onze anos, e ele me fez lembrar que sua mãe tinha sido pintora, que eram os desenhos dela que estavam pendurados nas paredes.

Laurie passou a tarde construindo uma janela nova para o estúdio do pai, medindo e aplainando cuidadosamente a madeira para que ela se encaixasse, enquanto eu lia e o observava do deck. Seu pai preparou um curry verde simples para o jantar, e comemos ao ar livre, descascando camarões enquanto o céu ficava violeta acima de nós, a madeira da mesa prateada pelo tempo. Enquanto comíamos, Laurie e o pai conversavam sobre tudo. Contaram histórias sobre quando sobreviveram a ciclones, quando viajaram juntos pelo país, sobre acidentes e travessuras feitas pelas crianças muito tempo atrás. Essas histórias, percebi, eram aquelas que haviam sido contadas muitas vezes, passadas e moldadas por toda a família, suavizadas e refinadas a cada contação. Enquanto ouvia, pensei também no desenho de Laurie e nas esculturas de seu pai, como eles estavam de alguma forma vivos. Mais cedo, eu pedi a seu pai que falasse um pouco sobre seu trabalho, e ele explicou o processo, o método de subtração ou adição, como escolhia fazer algo de madeira ou pedra, dependendo de suas propriedades, ou como ele às vezes criava um molde para fundir em metal ou bronze. Eu queria perguntar mais, investigar mais profundamente, mas não conseguia pensar em como expressar o que queria saber, então deixei o momento passar. Laurie e eu ficamos lendo até tarde e, quando afinal adormeci, senti que ele não estava mais lendo, mas olhando para mim como somos capazes de olhar para alguém que conhecemos bem, integralmente, e sem reservas.

Acordei cedo e saí na luz da manhã. Havia neblina nas montanhas e notei também que caía uma chuva fina. Peguei uma capa impermeável, que coloquei sobre a mochila, e uma capa de chuva. Mais uma vez, vi poucas pessoas. Mantive-me na beira da estrada e os carros passavam por mim com o que parecia uma cautela gentil, como se eu fosse um animal que eles não quisessem assustar. O ar estava frio e úmido no meu rosto. Caminhei por aldeias tranquilas com pequenas hortas e casas, onde as pessoas tinham colhido vegetais e os deixado para secar em cestos perto da porta. Passei por uma plataforma de trem vazia, pontes, uma represa onde a água corria por uma fonte invisível, turva e fria quando em movimento, cristalina e forte quando batia nas rochas. Minha mochila estava cheia de comida e água, incluindo as duas maçãs vermelhas gigantes que encontrei no mercado no dia anterior. Ao meu redor, havia estradas rurais e terras agrícolas.

Passei por um depósito de lenha onde as toras haviam sido empilhadas com firmeza e ordem. À frente, algumas frutas brilhantes cresciam nas árvores e, mais de perto, vi que eram caquis. Alguns ainda estavam duros e verdes, enquanto outros, caídos no chão, tinham uma polpa doce. Vasculhei os galhos em busca de alguns maduros e os colhi para comer enquanto caminhava. Pensei novamente em Laurie e me perguntei o que ele acharia dessa cena agora, essa caminhada, o que ele falaria e observaria. Sozinha, eu não conseguia escapar de meus próprios pensamentos. Em um e-mail, ele havia escrito que, quando eu voltasse, poderíamos começar a trabalhar em uma prateleira de madeira para pendurar no meu escritório. Nela daria para pendurar vasos de plantas, para que a sala ficasse como uma pequena selva particular.

Rapidamente, eu tinha saído da estrada e estava na trilha. Em alguns trechos, o caminho era como um corredor, cercado por árvores altas de ambos os lados, como espíritos, balançando ao meu redor como se fizessem um som que eu não conseguia ouvir. A terra tinha um cheiro frio e forte, como o fundo de um poço, e a trilha serpenteava íngreme para cima, encharcada e lamacenta em alguns pontos. Passei por um rio e duas pequenas cachoeiras, cujo som era quase indistinguível da chuva. A água que descia pelas rochas era brilhante e branca, como sal. Eu não pensava em nada nem em ninguém. Em uma pedra perto dos meus pés, havia um sapo minúsculo, da mesma cor de uma folha de outono. A trilha continuou em seu curso sinuoso por uma combinação de aldeias e montanhas. Eu desaparecia dentro e fora da floresta como a personagem de um livro. De uma casa no alto de uma colina, um cachorro de tamanho médio, de cor entre a de uma raposa e a de um coiote, com o rabo curvado para cima, me observava passar. Pensei em minha mãe, e em como um dia, no futuro, eu iria com minha irmã ao apartamento dela, aquele que eu nunca tinha visto, com a única tarefa de vasculhar uma vida inteira de posses, empacotar tudo. Pensei em todas as coisas que eu encontraria lá — coisas pessoais como joias, álbuns de fotos e cartas, mas também sinais de uma vida criteriosa e bem organizada: contas e recibos, números de telefone, uma agenda de endereços, o manual da máquina de lavar. No banheiro, haveria frascos de vidro usados pela metade, recipientes de seu perfume e cremes, sinais de seus rituais diários que ela não gostava que ninguém presenciasse. Minha irmã, eu sabia, sempre metódica, iria sugerir que separássemos as coisas em pilhas: coisas para guardar, coisas para doar, coisas para jogar no lixo. Eu concordaria, mas, no final, sabia que não guardaria nada, se por excesso ou por falta de sentimento, eu não sabia.

Em algum momento da tarde, parei debaixo de um abrigo para comer e fazer chá. Desdobrei o pequeno fogão com o botijão de gás vermelho, acendi o fogo e coloquei uma lata fina de alumínio sobre o queimador. Então desenrosquei a tampa de uma das garrafas de água e enchi a lata. Era incrível ver o vapor subindo, a água fervendo, em meio ao tamborilar constante da chuva. Enquanto caminhava, o movimento me mantivera aquecida, mas agora eu percebia que meu cabelo estava levemente molhado, assim como meu suéter. Eu tinha comprado a capa de chuva em uma loja de segunda mão antes de partir, não esperando que chovesse muito. Percebia agora que ela era mais como um blusão, fino a ponto de deixar um pouco de chuva passar pelo tecido, e também que estava se descosturando no ombro. Concluí que isso não importava tanto. Tinha certeza de que a chuva estava mais leve agora e que, de qualquer forma, não havia nada que eu pudesse fazer. Bebi o chá e comi dois bolinhos de arroz, que estavam deliciosos, e de repente me senti faminta. Comi biscoitos e uma das maçãs. Quando me levantei para seguir em frente, tentei posicionar as alças da mochila de modo que a fenda na costura não aumentasse.

Perto do final de nossa visita ao pai de Laurie, voltamos ao lago da cratera, alugamos caiaques e entramos na água. Lembrei que o dia estava calmo, a água como um espelho. O meteorito abrira um buraco tão profundo que as árvores cresciam até a beira da água, a qual havia preenchido o espaço de forma rápida e repentina, de modo que todo o lago parecia perfeitamente delimitado, de uma maneira estranha e quase artificial. Lá também começara a chover, muito suavemente. Eu tinha seguido o caiaque de Laurie, cujo rasto se estendia em um V suave, como um guia. Pensei novamente em como ninguém sabia quão profundo o lago realmente era, e como eu não conseguia conter esse pensamento. Com a água tão calma, com a chuva enevoando a outra margem, era difícil ter uma noção real da distância, e remávamos para cada vez mais longe, tudo flutuando, como em um sonho.

Laurie me contou de uma ocasião em que ele e o irmão saíram para um passeio de caiaque, não ali, mas ao longo de outro rio muito maior. A viagem deveria durar vários dias, e eles haviam embalado toda a comida e o equipamento com cuidado, dividindo o peso igualmente entre cada caiaque. Laurie disse que ao longo do caminho, eles chegaram ao primeiro grupo de corredeiras, por onde passaram sem problemas. Disse que ainda se lembrava daquela sensação, a facilidade com que seu corpo reagiu, pensando tão rápido que parecia não estar pensando, mas tomando cada ângulo, cada gota, da maneira certa. Ele ainda estava se deleitando com essa sensação quando, de repente, afundou — até hoje não sabia por quê, mas talvez houvesse outro grupo secundário de corredeiras que ele não conseguiu, em seu devaneio, prever. Disse que se lembrava de estar submerso, a água correndo ao redor de seu corpo, seu rosto, seu crânio, mas estranhamente calmo, pensando apenas que deveria esperar, esperar e ver o que aconteceria em seguida. E então, com a mesma rapidez, ele estava na superfície de novo, o irmão a seu lado.

Por alguma razão, Laurie dissera, depois de ele conseguir tossir, ofegar e respirar normalmente, nem ele nem o irmão tinham admitido o que acontecera, mas, ao contrário, haviam prosseguido calmamente, sem falar sobre o incidente pelo resto da viagem, embora ele tivesse visto o olhar no rosto do irmão ao voltar à tona. Achei que talvez fosse porque a experiência tinha sido muito real, muito terrível, mas Laurie disse que não, ele pensava que talvez fosse o contrário: que ambos sabiam que não faria diferença, ambos queriam continuar, e não havia escolha a não ser ir em frente. Haveria outras corredeiras pelas quais teriam que passar, e o que acontecera não mudaria esse fato. Lembro-me de pensar então no desenho de Laurie e no retrato que seu pai fez do amigo, como isso me parecia ter quase completado o círculo. Havia algo na escultura de seu pai que me fazia lembrar do penhasco na cachoeira, ou da forma forjada pela cratera. Ela dava a impressão de quase não ter sido feita à mão. Ao contrário, era mais como uma rocha que se podia vislumbrar ao longe: moldada exatamente assim pelo vento, pela chuva ou pelo tempo, de forma que seus ângulos rasos e sombras representavam um rosto inexplicável, o que a tornava ainda mais bela e surpreendente, porque era ao mesmo tempo um acidente e um símbolo.

    Eu tinha perguntado um dia ao pai de Laurie se ele importaria se eu visitasse seu estúdio de novo. Lembro que fiz a pergunta da mesma forma que os filhos da minha irmã às vezes pediam coisas: casualmente, mas de uma forma que indicava que tinham pensado no pedido o dia todo. Deixei meu livro sobre a mesa e fui sozinha para o galpão de madeira. Era início da tarde e a luz estava forte. Protegia o rosto com a mão enquanto caminhava. Havia na porta uma grande tranca de metal enferrujada, mas sem cadeado, então a puxei. Por dentro, o ambiente cheirava a madeira cortada havia pouco. A luz descia em feixes através das janelas sujas, e o pó se agitava nelas, como o ar de uma colheita de trigo recém-debulhada sobre a qual Tchékhov escrevera certa vez em um conto. Caminhei até a escultura, sentindo-me como se estivesse invadindo um espaço onde não deveria estar e, portanto, teria que ser rápida para conseguir o que queria. Com cuidado, retirei a capa de plástico e fiquei olhando para a cabeça do homem. Eu era baixa o bastante para que meu rosto ficasse quase na mesma altura que o dele, meu nariz no nariz dele, meus olhos nos olhos dele, que poderiam estar abertos ou fechados, quase conseguíamos olhar um para o outro. Estudei a escultura, imaginando o tempo todo se alguém entraria e acabaria com tudo antes que eu estivesse pronta. Naquela manhã, eu tinha pedido ao pai de Laurie que me contasse mais sobre seu trabalho, e ele falou sobre sua formação na Europa, sobre como ele foi professor de matemática, antes de fazer a transição para a arte. Ele também falou sobre a engenharia envolvida, sobre peso e contrapeso, sobre proporção e tratamento. Mas, no final da conversa, eu ainda me sentia confusa. O que eu queria mesmo saber era como ele havia feito o rosto: como exatamente ele lhe dera sua qualidade humana, e como, por exemplo, soube equilibrar tão precisamente o grave e o opaco? Senti que nada do que eu havia feito era vivo assim, mas parecia nem saber o bastante para fazer as perguntas certas. Lembrei-me também de ver Laurie no jardim de casa girando a madeira em um torno, de como ele estava seguro e certo de encontrar uma forma para ela, e como eu sempre o invejara por isso.

No alto da montanha, uma parte da trilha era feita com tábuas de madeira, grossas e velhas, como dormentes de ferrovia. Lá em cima, devia estar chovendo havia dias, e as tábuas estavam verdes e escorregadias, cobertas com o que parecia uma fina camada de algas. Em certos lugares faltavam algumas, deixando à mostra o solo cerca de um metro abaixo. Subi devagar, tomando cuidado para não escorregar. Havia samambaias densas, troncos pretos finos e ao longe uma névoa tão profunda que dava a impressão de ser quase malva contra o verde. Em alguns pontos, parei para descansar e observar a vista. Para além da chuva, a paisagem parecia quase uma pintura que tínhamos visto em uma das casas antigas. Era composta de vários painéis, mas o artista usara o pincel apenas minimamente, fazendo algumas linhas cuidadosas no papel. Algumas eram fortes e definidas, enquanto outras sangravam e desbotavam, dando a impressão de vapor. E ainda assim, quando olhávamos, podíamos ver algo: montanhas, dissolução, forma e cor correndo eternamente para baixo.

Na noite anterior, eu estivera vasculhando meu celular, olhando fotos dos nossos dias em Tóquio. No meio de imagens de quartos e jardins, das cerâmicas que eu havia fotografado no museu, deparei com um vídeo de vinte e dois segundos de mim na travessia de Shibuya. Multidões surgiam em todas as direções, e comerciais eram transmitidos nas telas gigantes acima. O sinal de pedestres estava prestes a fechar e, pelo microfone, eu podia ouvir a voz de minha mãe me dizendo para esperar, esperar e sorrir. Um fim de tarde, saí do chuveiro e a encontrei sentada na cama, suas coisas em uma disposição incomum. Ela olhou para mim em pânico e disse que tinha perdido o passaporte. Perguntei se tinha certeza e ela respondeu que tinha olhado em todos os lugares, verificado todas as suas coisas duas vezes; tinha desaparecido. Em apenas alguns dias, precisaríamos ir para Quioto, antes de voar de volta para casa. Pedi-lhe que pensasse no que havia feito, que se concentrasse na última vez que o tivera em mãos. Disse-lhe que tínhamos mais um dia em Tóquio, que poderíamos ligar para alguns lugares, refazer nossos passos. Senão, teríamos que ir a um consulado ou embaixada. Tentei pensar nas palavras em japonês para o que precisávamos, mas tive um branco. No dia seguinte, fomos a todos os lugares: Ueno, Hibiya, Aoyama e Roppongi. As ruas estavam molhadas e escorregadias por causa da chuva. Não tirei os olhos do chão, como se pudéssemos tropeçar no passaporte como num brinco perdido. Por fim, voltamos para o hotel, exaustas. Não muito tempo depois, ela deu um suspiro e se virou para mim, seu rosto com uma expressão de alívio, tirando o documento de um bolso escondido em sua mala.

Pensei que, de todos os lugares que tínhamos visitado, o que ela parecera mais gostar foi uma pequena loja que descobrimos em uma das muitas passagens subterrâneas que uniam as estações de metrô. Era do tipo que vendia luvas e meias em tal quantidade que eram acessíveis e com preços de liquidação. A loja estava lotada, com muitas pessoas passando por entre as gôndolas. Minha mãe havia ficado cerca de quarenta minutos ali, olhando as várias seções, e comprou presentes para todos. Tinha se certificado de escolhê-los com muita atenção e cuidado, combinando cada pessoa com um item da melhor maneira possível, e comprou dois conjuntos de luvas coloridas para os filhos da minha irmã, além de um par para mim. Sempre que eu perguntava o que ela gostaria de conhecer no Japão, ela respondia que ficaria feliz com qualquer coisa. A única pergunta que fez uma vez foi se, no inverno, fazia frio o bastante para nevar, algo que ela nunca tinha visto.

Nas montanhas, eu sabia que estava demorando mais do que deveria. Estava escurecendo e tudo corria, fluindo em direção ao chão. E, no entanto, mesmo em minha exaustão, havia também uma espécie de doçura. Pensei em Laurie e em nossas muitas conversas sobre filhos. Minha professora nos dissera uma vez que os pais eram o destino de seus filhos, não apenas na forma das tragédias, mas também de muitas outras formas menores, não menos poderosas. Eu sabia que, se tivesse uma filha, ela viveria em parte por causa da maneira como eu vivi, e suas memórias seriam minhas memórias, e ela não teria escolha quanto a isso. Quando éramos mais novas, minha mãe lia sempre para nós um livro de fábulas japonesas, sem ter preservado nada de sua própria infância. Uma das histórias era sobre uma montanha cujo pico era cercado por um anel de nuvens, como um colar, e tão bonita que a maior de todas as montanhas havia se apaixonado por ela. Mas a montanha com as nuvens não retribuíra a afeição da outra e, ao contrário, se apaixonara por uma montanha menor e mais plana. A montanha maior tinha ficado tão chocada e enfurecida por isso que se transformara em um vulcão, entrando em erupção e cobrindo os céus com fumaça, escuridão e dor por muitos dias. Lembro-me, por algum motivo, de me sentir incrivelmente comovida com essa história, o amor da bela montanha-nuvem pela mais gentil e menor, o tormento do vulcão, como se, naquela idade, suas paixões me parecessem mais reais do que qualquer outro sentimento humano. Ainda que tentasse me recordar delas enquanto caminhava, não conseguia me lembrar de nenhuma outra história daquele livro, a não ser uma em que uma jovem morria na neve.

 O entardecer se tornou de um azul profundo, a temperatura começou a cair. Eu estava me sentindo cada vez mais distante de tudo. As samambaias ao lado da estrada eram quase sombras. Eu sabia que deveria andar mais rápido, que deveria tentar evitar a noite iminente, mas, como no dia em que havíamos navegado de caiaque pelo lago, não conseguia encontrar nenhum senso real de urgência. Em vez disso, vaguei lentamente, sentindo-me quase como alguém perdido, que só se importa em deitar onde está para dormir. Passei por uma ponte antiga, parei para atravessá-la e vi a água correndo, caudalosa e acelerada pela chuva. Enfim, vi a estação de trem ao longe, iluminada por uma luz laranja aparecendo através do azul da noite como se por trás de uma neblina. O último trem sairia em quarenta minutos. Puxei as mangas do casaco sobre as mãos e coloquei os braços em volta de mim enquanto me sentava no banco para esperar. Por fim, levantei-me e comprei uma garrafa de saquê em uma das máquinas de venda automática. Era claro e gelado, com gosto de álcool e algo vagamente doce, antes de evaporar e se transformar em nada. Depois de um tempo, eu não estava mais com frio, apenas muito cansada. Tive um pensamento vago e exausto de que talvez não tivesse importância não entender todas as coisas, mas simplesmente vê-las e retê-las.

Na pousada, minha mãe não estava no quarto. Perguntei por ela na recepção e o homem disse que não a tinha visto. Ele chegou a dizer que o quarto só havia sido reservado para uma pessoa, eu, não para duas. Por alguma razão, fiquei irritada, e senti isso transparecer no tom da minha resposta. A pousada era tão pequena e nós duas tínhamos feito o check-in no dia anterior. Como ele não se lembrava do número de hóspedes? Voltei para o quarto e esperei. Antes, ao tirar os sapatos na entrada, eu tinha percebido que estavam encharcados e enlameados e que minhas meias estavam úmidas. Eu sabia que deveria tomar um banho, vestir uma roupa seca, mas me sentia cansada. Depois de um tempo, saí e fiquei na rua, olhando primeiro para uma direção, depois para a outra. As luzes das lojas e dos carros pareciam vir do nada, como um trem avançando devagar. Quando minha mãe enfim chegou, ela poderia muito bem ser uma aparição. Surgiu com seu casaco de frio fechado até o queixo, e no ar gelado da noite sua respiração saía em uma nuvem, como um pequeno espírito partindo. As luzes de um carro estavam atrás dela. Ela caminhou em minha direção muito devagar, sem nenhuma indicação clara no rosto de que me reconhecia, como se eu fosse o fantasma que ela não queria encontrar. Nas mãos, trazia uma sacola branca de supermercado. Pude sentir o cheiro de arroz e curry apimentado. Quando me reconheceu, seu rosto se encheu de calor. Aqui está você, disse, como se tivéssemos apenas nos perdido uma da outra por minutos, como se ela estivesse me recebendo em sua casa. Venha comer, falou.

Naquela noite, eu estava cansada, quase dormindo em pé. Minha mãe desembrulhou o curry e o arroz e comemos juntas. Enquanto eu tomava banho, ela desenrolou os futons e arrumou as camas e, quando voltei, me entregou um par de meias grossas de lã. Elas eram muito grandes, novas e de um vermelho vivo, e por alguma razão isso me fez rir. Lá fora, o vento soprou e sacudiu as vidraças. Nós duas podíamos ouvir as ondulações profundas da chuva se expandindo e se contraindo. Chequei meu celular, vi que havia relatos de um tufão se deslocando em direção a Tóquio, e adormeci com a tempestade nos ouvidos.

No dia seguinte, eu estava ficando resfriada, com a cabeça pesada, mas precisávamos fazer o check-out e pegar o trem para Quioto, nossa última parada antes de voltar para casa. No caminho, tive um súbito desejo por um sabor da infância: era uma erva, doce e amarga, como anis-estrelado, uma raiz preta cor de alga, que eu podia saborear na imaginação, mas, como tantas coisas, não conseguia mais nomear. No trem, minha mãe me passou o celular e li nossos horóscopos, prevendo amor, cautela, dinheiro e sorte, tudo no mesmo mês. O carrinho de comidas e bebidas passou e comprei dois sorvetes de chá verde, embora talvez estivesse um pouco frio para tomá-los, e dei um para minha mãe. O sabor era amargo e agradável, e os sorvetes em seus copinhos de papel macio, com suas colherinhas de madeira achatadas, me lembravam os mesmos copinhos que ela costumava comprar para mim e para minha irmã quando éramos pequenas e que nos deixava tomar sentadas no playground enquanto ela fazia as compras. Lembrei-me do quanto ansiávamos pelos sorvetes a cada semana, como ficávamos empolgadas quando o dia chegava, como se esse fosse o seu único propósito, mal pensando em todo o trabalho envolvido para minha mãe. Lembrei-me de como Laurie e eu uma vez tínhamos feito piadas sobre minha frugalidade, como eu acabava com as sobras de cada refeição, mesmo sem fome, como não suportava ver nada desperdiçado. Na época, eu tinha brincado quanto a isso também, mas o que eu não havia dito era que era a frugalidade dela, não a minha, que eu estava repetindo. Ela havia guardado, eu sabia, todos os ingressos, folhetos e guias que nos deram para levar para casa, como se ela fosse pegá-los mais tarde para ler, como se lê um romance. Quando minha sobrinha e meu sobrinho desembrulhassem seus presentes, eu sabia também que ela pegaria o papel antes que fosse jogado fora, a fim de guardá-lo para que pudesse ser reutilizado em outros presentes, em outras ocasiões.

Enquanto olhávamos pela janela, a paisagem passava em listras de branco, cinza e vermelho. A certa altura, o trilho descia em direção à costa e seguimos o mar, que era de um azul leitoso e chapado depois da tempestade. Minha mãe olhou para mim e sorriu, como se estivesse simplesmente feliz por estarmos na companhia uma da outra, e as palavras fossem desnecessárias. Ao que parecia, tínhamos nos dito muito pouco de substancial nas últimas semanas. A viagem estava quase terminando, e não tinha acontecido como eu queria. Pensei em aprender japonês, em como ainda me sentia infantil no idioma, em como só era capaz de perguntar as coisas mais simples. E mesmo assim tinha persistido, porque sonhava um dia poder dizer mais. Pensei nas ocasiões em que fui capaz de conversar em uma sequência de frases, como com a mulher da livraria, e como tinha sido bom, eletrizante. Queria mais desses momentos, sentir a fluência correndo por mim, conhecer pessoas e fazer com que elas me conhecessem. Pensei também que a primeira língua da minha mãe era o cantonês, e a minha, inglês, e como só falávamos juntas em uma, e não na outra.

As histórias da minha mãe — o que ela tinha nos contado ou deixado de contar sobre meu tio, ou seus primeiros dias em um novo país; não é que ela tivesse guardado segredo sobre essas coisas, ou que as tivesse mudado deliberadamente. Eu sabia, por exemplo, sobre o coração de seu irmão, ou sobre sua primeira vez em um voo internacional, e o nome da aldeia em que seus pais nasceram, que também ficava longe de Hong Kong. Mas além disso não havia quase nada. Seus próprios pais, ela dissera, pouco falavam da infância deles, e assim, como muitas vezes acontece com a distância, as coisas terminavam no nome da aldeia. Pensei no filme a que assistira no avião, uma história sobre uma cientista que descobre o segredo da viagem no tempo e salta para o futuro, onde tudo é estranho e irreconhecível para ela, inclusive sua própria vida. Lembro-me de olhar da tela para a janela do avião, onde, lá embaixo, as luzes de muitas cidades pequenas brilhavam como povoados remotos. Talvez, pensei, minha irmã e eu tivéssemos crescido de uma maneira que devia ter parecido igualmente estranha para minha mãe. Talvez, com o tempo, ela tivesse achado o passado cada vez mais difícil de evocar, especialmente sem ninguém para lembrá-lo. Talvez fosse mais fácil assim, tanto que depois de um tempo esse novo jeito se tornou seu hábito, mais uma coisa a que ela se acostumou, como comer cereal no café da manhã, ou ficar de sapato na casa de outras pessoas, ou quase nunca falar com alguém em sua língua materna.

Em Quioto, o sol apareceu pela primeira vez em semanas. Inconscientemente, viramos o rosto na direção dele. Tudo o que restava do tufão que passara era um vento forte e determinado.

Na manhã seguinte, pegamos o trem para as florestas de bambu, que eram densas, altas e de um azul quase turquesa. A trilha era curta e estava lotada. Ao nosso redor, pessoas posavam fazendo golpes de caratê, ou então vestidas com quimonos e andando de riquixá, esperando, ao que parecia, viver como pensavam que as pessoas tinham vivido um dia, em uma época que não existia mais. A seguir visitamos alguns santuários e jardins e fiquei surpresa ao ver que minha mãe sabia jogar dinheiro na caixa de madeira, tocar a campainha, bater palmas e rezar.

Depois, caminhamos pelas ruas de Gion, aconchegadas uma na outra contra o vento, tiramos fotos em frente às portas e fachadas de madeira das lojas e paramos para comer tempurá em um restaurante perto de um dos templos famosos. Topei, por acaso, com uma loja de roupas em uma rua sem saída e chamei minha mãe para entrar. O telhado era surpreendentemente alto, como o de um antigo celeiro, e tinha um suave aroma de cedro. As roupas estavam expostas em araras de metal ou em cabides individuais, muitos dos quais pendiam do teto por fios finos, de modo que balançavam levemente ao serem tocadas. Grande parte delas era de cor preta, e a coloração era tão escura que me lembrava uma tinta sobre a qual eu havia lido uma vez, que fora usada por um artista em colaboração com cientistas, e diziam ser tão absoluta que absorvia quase toda a luz. No entanto, as roupas, quando se observava melhor, não eram feitas de tecidos inteiriços, mas de segmentos, dobras e drapeados, de modo que às vezes era difícil dizer como vestir cada peça. Ou talvez, pensei, não houvesse uma maneira correta de usá-las. Em vez disso, podia-se simplesmente puxar, torcer e deixar o caimento de um jeito um pouco diferente a cada vez. No meio da sala, uma fileira de móveis exibia joias. As peças eram delicadas e lembravam ossos, parecendo moldes de galhos finos e quebrados ou os moldes de plantas do deserto. Não eram pretas, mas brancas, da cor de caulim. Na parte dos fundos da loja, encontrei, em um canto, um terno de alfaiataria, blazer e calça pretos, feitos de lã macia, que tirei e mostrei para minha mãe e a encorajei a experimentar. Quando ela saiu do provador e parou na frente do espelho, notei que o corte do terno não era tão desestruturado quanto eu tinha pensado: o blazer afinava na altura das costelas, antes de se alargar levemente sobre os quadris e as coxas, a calça solta e larga como culotes francesas. O efeito era uma forma cuidadosamente estruturada, parecida com a silhueta volumosa do *hanbok* coreano. Eu disse à minha mãe que caía bem nela, o que era verdade. Ela poderia ter sido, naquele traje, uma pessoa totalmente diferente, anônima e indefinível.

Em nossa última manhã, eu a levei até os portões de Inari. Estava frio e cinza de novo, vestimos nossos casacos, seguimos pelo pequeno vilarejo de vendedores e santuários e subimos em direção à montanha. Havia chovido durante a noite toda e o caminho estava molhado e enlameado. Pedi que tomasse cuidado, que atentasse para seus passos. Pensei em como certa vez ela me dissera que meu bisavô fora poeta e em tudo o que se perdera entre aquela geração e a nossa.

Enquanto caminhávamos, ela me perguntou sobre meu trabalho. A princípio não respondi, depois disse que em muitas das pinturas antigas se podia descobrir o que se chamava pentimento, uma camada anterior de algo que o artista havia escolhido pintar por cima. Às vezes, eram vestígios tão pequenos quanto um objeto ou uma cor que havia sido alterada, mas outras vezes podiam ser tão significativos quanto uma figura inteira, um animal ou um móvel. Falei que escrever era como pintar. Só dessa forma era possível voltar e mudar o passado, fazer as coisas não como foram, mas como desejávamos que tivessem sido, ou melhor, como nós as vimos. Disse que, por isso, era melhor ela não confiar em nada que lesse.

Quanto mais subíamos a montanha, mais deixávamos a multidão para trás. Os portões encobriam os caminhos, e passávamos por baixo deles. Alguns eram de um vermelho brilhante, outros de um laranja desbotado, com a base pintada de preto. Pensei que minha mãe estaria cansada, mas ela subiu os degraus sem nunca mudar o ritmo, como se estivesse determinada, ou mesmo zangada. Em pouco tempo, ela estava um pouco à minha frente. Em vários pontos, parei para descansar. Minhas pernas ainda doíam por causa da trilha do dia anterior e minha cabeça estava pesada. À nossa frente, os portões faziam uma curva gradual, quinze graus, dez, de modo que não conseguíamos ver completamente o caminho adiante e não podíamos olhar para trás.

Por fim, chegamos a uma encosta arborizada, coberta de samambaias cinza-azuladas e cedro. Vi minha mãe parada perto de uma grande pedra. Fui até ela, peguei minha câmera e ajustei as configurações. Contei-lhe sobre uma série de fotografias que tinha visto no ano anterior. Aqui, eu disse, os portões tori foram preservados, era um local turístico, mas em outros lugares muitos portões mais antigos e menores haviam sido destruídos ou abandonados. Lembrei-me de uma foto de uma estrutura elegante despedaçada no meio de uma floresta tropical. Em outra, um portão fora colocado contra um banco de parque, separado para reciclagem. Então peguei sua mão com uma das minhas e apertei o obturador com a outra. Mais tarde, olhando para a imagem, pude ver que não estávamos prontas para a câmera: exaustas, surpresas e de alguma forma muito parecidas.

Minha mãe foi até uma das lojinhas no alto da montanha e pedimos chá verde e alguma coisa para comer. Ela comprou um pequeno pingente de uma raposa branca, e dois cartões-postais. Percebi que tudo o que ela havia comprado ali eram presentes para outras pessoas. O chá estava quente e gostoso e os pequenos *buns* eram recheados de feijão doce. Encontramos lugar para sentar em um banco e observamos a vista, enquanto outros turistas passavam pelo último dos portões com cara de cansados ou entediados, ou escalavam rochas para tirar fotos de si mesmos e do vale abaixo.

Antes de ir para o aeroporto, ainda tínhamos um pouco de tempo, e por isso fomos a uma loja em um antigo templo. Nos separamos de novo, como tinha se tornado hábito, e comprei um cachecol azul para Laurie e um caderno grosso para mim com o que restava de meus ienes. Depois de pagar, virei-me para procurar minha mãe, mas não consegui vê-la em nenhuma das seções. Após alguns minutos, encontrei-a esperando por mim na entrada, sentada no banco, como se estivesse lá o tempo todo — o que poderia muito bem ter sido o caso. A porta formava uma moldura dela contra o lado de fora, e ela estava sentada como uma estátua se sentaria, com as mãos pacificamente dobradas no colo e os joelhos e pés unidos, de modo que não havia parte de seu corpo que não se tocasse, como se ela pudesse ter sido feita de uma única pedra. Ela também tinha a qualidade de uma escultura e respirava fundo, como se enfim estivesse satisfeita. Vesti meu casaco e caminhei até ela passando pelas pessoas que entravam. Quando me aproximei, ela me viu e fez um gesto com a mão. Você poderia me ajudar?, pediu, e vi que ela não conseguia se abaixar o suficiente para alcançar o sapato. Eu me ajoelhei e, com um puxão rápido, a ajudei a calçá-lo.

Agradecimentos

Agradecimentos a Ivor Indyk, Nick Tapper, Jacques Testard, Barbara Epler, Clare Forster, Ian See, Emily Kiddell, Nicola Williams, Emily Fiske e Louise Swinn.

Com amor e agradecimentos a Celia, Oliver, Erin, Fi e Pip.

Esse romance foi patrocinado pelo governo australiano por intermédio do Australia Council, seu fundo de artes e corpo consultivo, e pelo governo do estado de Victoria, por intermédio do Creative Victoria.

A marca FSC® é a garantia de que a madeira utilizada na fabricação do papel deste livro provém de florestas gerenciadas de maneira ambientalmente correta, socialmente justa e economicamente viável e de outras fontes de origem controlada.

Copyright © 2022 Jessica Au
Publicado originalmente em inglês pelas editoras Giramondo Publishing, Fitzcarraldo Editions e New Directions. Esta edição foi publicada em acordo com Casanovas & Lynch Agency.
Copyright da tradução © 2023 Editora Fósforo

Todos os direitos reservados. Nenhuma parte desta obra pode ser reproduzida, arquivada ou transmitida de nenhuma forma ou por nenhum meio sem a permissão expressa e por escrito da Editora Fósforo.

Título original: *Cold Enough for Snow*

EDITORAS Juliana de A. Rodrigues, Fernanda Diamant e Rita Mattar
ASSISTENTE EDITORIAL Cristiane Alves Avelar
PREPARAÇÃO Cacilda Guerra
REVISÃO Gabriela Rocha, Geuid Dib Jardim e Andrea Souzedo
DIRETORA DE ARTE Julia Monteiro
CAPA Denise Yui
IMAGEM DE CAPA Kika Levy, *Paisagem VI*, 2016, gravura em metal, 40 × 53 cm
PROJETO GRÁFICO Alles Blau
EDITORAÇÃO ELETRÔNICA Página Viva

Dados Internacionais de Catalogação na Publicação (CIP)
(Câmara Brasileira do Livro, SP, Brasil)

Au, Jessica
　Frio o bastante para nevar / Jessica Au ; tradução Fabiane Secches. — São Paulo : Fósforo, 2023.

　Título original: Cold Enough for Snow
　ISBN: 978-65-84568-44-0

　1. Ficção australiana I. Título.

22-129335　　　　　　　　　　　　　　　CDD — A823

Índice para catálogo sistemático:
1. Ficção : Literatura australiana　A823

Cibele Maria Dias — Bibliotecária — CRB-8/9427

Editora Fósforo
Rua 24 de Maio, 270/276
10º andar, salas 1 e 2 — República
01041-001 — São Paulo, SP, Brasil
Tel: (11) 3224.2055
contato@fosforoeditora.com.br
www.fosforoeditora.com.br

Este livro foi composto em GT Alpina e
GT Flexa e impresso pela Ipsis em papel
Pólen Bold 90 g/m² da Suzano para a
Editora Fósforo em janeiro de 2023.